OFFICIALLY NOTED

Pen marks on edges 8/15

Pureza virginal

This Large Print Book carries the
Seal of Approval of N.A.V.H.

Pureza virginal

Maureen Child

Thorndike Press • Waterville, Maine

Published in 2005 by arrangement with Harlequin Books S.A.
Publicado en 2005 en cooperación con Harlequin Books S.A.

Thorndike Press® Large Print Spanish.
Thorndike Press® La Impresión grande española.

The tree indicium is a trademark of Thorndike Press.
El símbolo del árbol es una marca registrada de Thorndike Press.

The text of this Large Print edition is unabridged.
El texto de ésta edición de La Impresión Grande está inabreviado.

Other aspects of the book may vary from the original edition.
Otros aspectros de éste libro podrían variar de la edición original.

Set in 16 pt. Plantin.
Impreso en 16 pt. Plantin.

Printed in the United States on permanent paper.
Impreso en los Estados Unidos en papel permanente.

Library of Congress Cataloging-in-Publication Data

Child, Maureen.
    [Last virgin in California. Spanish]
    Pureza virginal / Maureen Child.
       p. cm. — (Thorndike Press large print Spanish = Thorndike Press la impresión grande la española)
    ISBN 0-7862-7534-0 (lg. print : hc : alk. paper)
    1. Large type books.   I. Title.   II. Thorndike Press large print Spanish series.
PS3561.A468L3718 2005
  813'.6—dc22   2005000118

Pureza virginal

Capítulo uno

—QUE te casas... ¿con quién?

Lilah Forrest hizo una mueca y se apartó el auricular del oído para no quedarse sorda. Su padre, Jack Forrest, con una vida entera al ser vicio del Cuerpo de Marines, tenía tal energía que probablemente hubiera podido levantar a un muerto, de habérselo ordenado.

—Con Ray, papá —contestó Lilah acercándose de nuevo el teléfono a la oreja—. Tienes que acordarte de él, lo conociste la última vez que viniste a visitarme.

—Claro que me acuerdo de él; es el chico que me dijo que mi uniforme resultaría menos imponente si llevara un pendiente en la oreja.

Lilah reprimió una carcajada que a su padre no le gustaría oír. La idea de ver a su imponente padre, de expediente impecable, con un pendiente en la oreja, resultaba de lo más ridícula.

—Estaba bromeando —contestó Lilah, en cuanto pudo dominarse.

—Estupendo.

—Creía que te gustaba Ray.

—Yo no he dicho que no me guste —contestó Jack tenso—. Pero dime, ¿qué ves en esos tipos tan... afectados? —afectado, recapacitó Lilah. En el lenguaje de su padre, cualquier chico que no fuera un marine era afectado—. Lo que tú necesitas es un hombre obstinado, igual que tú. Un tipo fuerte, fiable. Por ejemplo...

—Un marine —repuso Lilah terminando la frase por él, hastiada de oír siempre lo mismo.

—¿Y qué tiene de malo un marine? —exigió saber su padre ofendido.

—Nada —se apresuró Lilah a contestar, deseando no haber iniciado una vez más aquella conversación, tan familiar.

Lilah suspiró y se hundió en los cojines del sofá. Se hizo un ovillo y sujetó el auricular entre el hombro y la oreja. Luego se estiró la falda sobre las piernas y contestó:

—Papá, Ray es un buen chico.

—Te tomo la palabra, cariño, pero, ¿crees de verdad que es el hombre adecuado para ti?

No, Lilah no lo creía. La imagen de Ray surgió claramente en su mente. Lilah sonrió. Bajito, con el pelo moreno casi por la cintura, peinado siempre con una trenza, Ray era un verdadero artista. Llevaba diamantes en las orejas, camisas tipo túnica y sandalias de cuero. Y era devotamente fiel a su compañero sentimental y amante, Victor.

Pero también era uno de los mejores amigos de Lilah, y esa era la razón por la que le había dado permiso para contarle a su padre la historia de que estaban comprometidos. A Victor, igual que a Ray, aquello no le había hecho muy feliz, pero Ray era tan maleable como una muñeca.

Y, sinceramente, de no haber previsto Lilah ir a visitar a su padre, jamás le habría contado esa mentira. Sencillamente, no podía soportar la idea de que su padre pusiera a sus pies toda una corte de oficiales solteros. No le gustaba la idea de mentirle, pero en el fondo la culpa era solo de él. Si su padre no se hubiera empeñado en casarla con un marine, ella no se habría visto obligada a llegar tan lejos.

—Ray es maravilloso, papá —contestó Lilah con completa sinceridad—. Te gustaría, si le dieras una oportunidad.

Jack masculló algo que Lilah no logró comprender, pero a pesar de todo le hizo sentir remordimientos. Jack Forrest no era un hombre malo. Simplemente, jamás había sido capaz de comprender a su hija.

Jack cambió entonces de tema y comenzó a contarle historias de la base militar en la que vivía. Lilah escuchó sin mucho interés, observando la decoración del salón de su diminuto apartamento de San Francisco. Las paredes, pintadas en color rojo escarlata, procuraban una sensación de calidez a la habitación. El sol entraba a raudales por las ventanas desnudas, confiriendo un brillo dorado a los muebles antiguos y al suelo de madera. Frente a ella, el *hifi* hacía sonar música celta. Una vela de *patchouli* ardía junto a él, impregnando el ambiente con su relajante fragancia, pero que en esos momentos no conseguía serenarla.

Detestaba tener que mentirle a su padre. Al fin y al cabo, mentir era malo para el alma. Además, Lilah estaba convencida de que producía arrugas. En cuanto volviera de visitar la base, llamaría a su padre por teléfono y le diría que había roto con Ray. Y todo volvería a la normalidad.

Hasta la siguiente visita. Aún así, quemaría las naves nada más volver.

—Te mandaré a alguien para que te recoja en el aeropuerto —dijo Jack, captando de nuevo la atención de Lilah.

—No, no hace falta —se apresuró ella a contestar, imaginando a un pobre Marine obligado a ir al aeropuerto a buscar a la hija del Coronel—. He alquilado un coche; llegaré mañana por la tarde.

—Pero no... te traerás a Ray, ¿verdad?

Lilah casi se echó a reír al captar el malestar en la voz de su padre. Oh, sí, Ray en una base militar. ¡Para morirse de risa!

—No, papá, voy sola —respondió Lilah solemne.

—Muy bien, entonces. Ten cuidado —contestó su padre tras una larga pausa.

—Lo tendré.

—Estoy impaciente por volver a verte, cariño.

—Y yo —contestó Lilah—. Adiós, papá.

Lilah colgó y se quedó mirando el teléfono durante un largo rato. Hubiera deseado que las cosas fueran diferentes. Por ejemplo, que su padre la aceptara y la amara tal y como era. Pero eso jamás ocurriría. Lilah era la hija de un hombre que siempre había querido tener un hijo varón.

—Lo consideraría un favor personal, sargento —dijo el coronel Forrest, apoyando los codos sobre la mesa de su despacho y entrelazando los dedos.

Salir con la hija del coronel y acompañarla por la base... ¿un favor personal? ¿Cómo podía nadie escabullirse de un deber así?, se preguntó Kevin Rogan, desesperado. Por supuesto, podía negarse. Al fin y al cabo aquella no era una orden, estrictamente hablando. Pero Kevin no estaba muy seguro de poder hacerlo. En realidad, no tenía obligación. Pero llamar a eso «favor» suponía, prácticamente, un sometimiento seguro.

Después de todo, ¿cómo podía negarse a una petición de un oficial superior?

Kevin se mordió los labios, tragándose la respuesta que hubiera querido darle, y contestó en su lugar:

—Estaré encantado de ayudar, señor.

El coronel Forrest lo miró suspicaz, dándole a entender que no iba a dejarse engañar. Sabía perfectamente que Kevin no tenía ningún deseo de realizar esa tarea pero, aun así, la haría. Y, según parecía, eso le bastaba.

—Excelente —contestó el coronel levantándose de su sillón para acercarse a la ventana y observar la base militar, desde la segunda planta de su despacho.

No era necesario que Kevin mirara por la ventana para saber qué estaba viendo el coronel. Se trataba del barullo de las tropas de soldados, marchando. Marines. El pelotón. El brigada gritando instrucciones, marcando el ritmo, tratando de hacer de un grupo de críos algo que se pareciera a un ejército de duros marines.

Los rayos de sol del mes de mayo entraban por la ventana separándose en haces de colores, como si atravesaran un prisma. La brisa marina entraba también por ella, llevándoles el ruido de hombres y mujeres marchando. El motor de un avión, despegando del aeropuerto de San Diego, sonó como un trueno lejano.

—No quiero que me malinterprete, Rogan —dijo el coronel—. Mi hija es una persona... muy especial.

—Por supuesto, señor —respondió Kevin educadamente, preguntándose, sin embargo, hasta qué punto sería especial, cuando su padre necesitaba obligar a un hombre a acompañarla durante todo el mes que durara su visita en la base.

Kevin dirigió la vista hacia la mesa del despacho del coronel para ver si encontraba allí una fotografía enmarcada de ella. No había ninguna. No dejaba de preguntarse cómo podía haberse metido en aquel lío. ¿Acaso la hija del coronel estaba loca?, ¿resultaba desagradable?, ¿era un troll de un solo ojo?

Pero Kevin sabía muy bien quién era ella. Era la hija del coronel. Y solo por esa razón haría todo cuanto estuviera en su mano para que disfrutara de su visita. Aunque acabara con él.

Kevin juró en silencio. Un sargento de Artillería del Cuerpo de Marines, reducido a gloriosa niñera.

Lilah estaba sentada al volante de su coche de alquiler, a las puertas de la base, repitiéndose a sí misma que era una estúpida. Siempre era así. Un simple vistazo a lo que su padre consideraba su hogar, y el estómago se le revolvía. Era una sensación muy familiar.

Lilah se aferró al volante. También se le revolvía el estómago cada vez que veía a su padre, después de una larga ausencia. Hubiera debido estar acostumbrada, ¿no?

—No —murmuró dejando caer las manos en el regazo.

Inconscientemente, se estiró los pliegues de la falda de muselina verde esmeralda. Luego, se llevó una mano a la garganta, al colgante de cristal de amatista. Jugó con él, con sus bordes fríos y cortantes, y se repitió una vez más que era una estúpida.

—Esta visita será diferente. Él cree que estoy comprometida. No me buscará más pretendientes. Ni me soltará charlas sobre la necesidad de sentar la cabeza y llevar una vida estable.

Sí, como si un Forrest fuera a darse por vencido con tanta facilidad, se dijo.

Después de todo, tampoco ella se daba por vencida. Llevaba toda su vida tratando de complacer a su padre. Había fallado irremisiblemente durante toda su vida. Y lo lógico habría sido darse por vencida; pero no. Lilah Forrest era demasiado obstinada como para darse por vencida simplemente por el hecho de que, de momento, hubiera perdido la batalla. Había heredado la cabezonería del hombre que la esperaba al otro lado de la alambrada.

De pronto, un movimiento en la puerta captó su atención. Un marine de guardia salió y la observó largamente.

—Probablemente pensará que soy una terrorista, o algo parecido —musitó Lilah para sí misma, acercándose rápidamente a la puerta.

—Señorita —la saludó el marine, más joven de lo que Lilah había supuesto en un principio—. ¿Puedo ayudarla?

—Soy Lilah Forrest —contestó ella alzando mínimamente las gafas de sol y sonriendo, sin dejar de mirar el rostro suspicaz del marine—. Vengo a ver a mi padre.

El marine parpadeó. Estaba demasiado bien entrenado como para mostrar su estado de shock, de modo que simplemente se quedó mirándola y contestó:

—Sí, señorita, estábamos esperándola —dijo bajando la vista hacia la placa de la matrícula, escribiendo el número en una pegatina junto con otros datos, y pegándola en el parabrisas del coche de Lilah. Luego levantó una mano y señaló—. Siga recto y tenga cuidado con...

—La velocidad —terminó la frase ella por él—. Lo sé.

Lilah conocía las normas de las bases militares al dedillo. Se había criado en ellas, a lo largo y ancho de este mundo. Y había una cosa en la que todas coincidían: reducir la velocidad. Más de treinta kilómetros por hora significaba una multa.

—La casa del coronel está... —continuó el marine, asintiendo.

—Sé dónde está, gracias —lo interrumpió Lilah apoyando el pie en el acelerador.

Y, sacando una mano adornada con una sortija, saludó al marine y aceleró, levantando una nube de polvo y dirigiéndose al frente.

Ella no era en absoluto como esperaba. Y, desde luego, no era ningún troll de un solo ojo.

Kevin se arrellanó en la silla del comedor y miró disimuladamente a la mujer frente a él. De haber tenido que adivinar quién era la hija del coronel, de entre un grupo numeroso de mujeres, jamás la habría elegido a ella.

Para empezar, era bajita. No enana, pero sí bastantes centímetros más bajita que él y que el coronel. A Kevin jamás le habían gustado las mujeres bajitas. Lo hacían sentirse como un gigante. A pesar de todo, tenía que admitir que Lilah tenía una silueta perfectamente redondeada, justo por los lugares exactos, y que su cuerpo habría podido levantar a un muerto.

Sus cabellos, largos y rubios a media espalda, revoloteaban formando una masa de rizos capaz de obligar a cualquier hombre a estirar la mano para enredar en ellos los dedos. Su mandíbula era recta, obstinada, y sus voluptuosos labios sonreían muy a menudo. Tenía una nariz pequeña, y los ojos más grandes y más azules que Kevin hubiera visto jamás.

Llevaba pendientes de plata con forma de estrella y colgantes con cristales al cuello. Iba vestida con una falda de una tela etérea, de color verde esmeralda, que flotaba como una nube alrededor de sus piernas cada vez que se movía. Y llevaba los pies descalzos, luciendo anillos en los dedos.

¿Quién hubiera adivinado que la hija del coronel era una *hippie* tardía? Kevin casi esperaba que levantara las piernas y se colocara en posición de loto, para comenzar a meditar.

Por fin sabía por qué el coronel deseaba que alguien escoltara a su hija por todas partes. Probablemente no confiara en ella, a la hora de salir de un apuro.

—Mi padre me ha dicho que eres instructor —comentó Lilah llamando la atención de Kevin, que inmediatamente apartó la vista del cristal que colgaba justo entre sus pechos, para mirarla a la cara.

—Sí, señorita —contestó Kevin, repitiéndose en silencio que no debía dar importancia a las reacciones de su cuerpo.

Se trataba, simplemente, de la respuesta normal de un joven sano ante una mujer bella. Porque ella era bella, bella en un sentido físico, y mucho.

Lilah meneó una mano y Kevin juró que oía el tintineo de campanas. Entonces observó la pulsera de su muñeca, llena de campanitas de plata colgando. Debería habérselo figurado.

—Creía que estábamos de acuerdo en que me llamarías Lilah.

—Sí, señorita.

—¿No es magnífico? —intervino el coronel, mirándolos orgulloso a uno y a otro—. Sabía que os llevaríais bien —entonces sonó el teléfono y el coronel se puso en pie—. Disculpad un momento, voy a contestar.

El coronel abandonó la habitación y el silencio cayó como una piedra en un pozo. Kevin se reclinó sobre la silla y observó el comedor elegantemente decorado. Hubiera deseado estar en cualquier otro lugar.

—¿Te ha ordenado que vengas?

Kevin se sintió culpable. Le lanzó una mirada rápida a Lilah, vigiló la puerta, vacía, y volvió de nuevo la vista hacia ella.

—Por supuesto que no, ¿por qué dices eso?

Lilah empujó una col de Bruselas con el tenedor hasta el borde del plato. Luego, apoyó un codo sobre la mesa, se llevó la mano libre al mentón y lo miró directamente a los ojos, diciendo:

—No sería la primera vez que mi padre le asigna a un pobre marine la tarea de «escoltar a su hija».

Kevin volvió a revolverse en la silla, pero en esa ocasión con la vista fija en Lilah. No quería ponerla violenta, pero si estaba acostumbrada a esa situación, ¿quién era él para negarlo?

—Está bien, lo admito. Me pidió que te acompañara por la base mientras estés aquí de visita.

—¡Lo sabía! —contestó Lilah dejando caer el tenedor sobre el plato y reclinándose sobre la silla. Luego, tras cruzar los brazos sobre su admirable pecho, suspiró y sacudió la cabeza, haciendo revolotear todos sus rizos—. Pensé que esta vez sería diferente.

—¿Diferente de qué?

—De lo de siempre.

—¿Y qué es lo de siempre, si puede saberse? —inquirió Kevin, preguntándose cuántos marines habrían sido encargados de la misma tarea.

Lilah miró rápidamente hacia la puerta, por la que había desaparecido su padre, y después volvió la vista hacia él, antes de contestar:

—Bueno, mi padre lleva años arrojándome hombres como tú a los pies, desde la adolescencia.

—¿Hombres como yo?

—Marines —contestó Lilah—. Papá lleva toda la vida tratando de casarme con un marine.

—¿Casarte? —repitió Kevin bajando la voz e inclinándose sobre el plato—. ¿Quién ha dicho nada de matrimonio?

A eso sí que no había accedido, reflexionó. No le importaba acompañarla y enseñarle la base, mientras estuviera de visita, pero casarse... bueno, ya conocía esa experiencia. Y no, gracias. Él pasaba.

—Silencio, sargento —ordenó Lilah abriendo inmensamente sus enormes ojos—. Tranquilo, ¿quieres? Nadie te está secuestrando para llevarte a Las Vegas.

—Yo no...

—Tu virtud está a salvo conmigo —aseguró Lilah.

—No es mi «virtud» lo que me preocupa.

—Bueno, simplemente quería decir que no debes preocuparte.

—No estoy... —Kevin se interrumpió y resopló, frustrado—. ¿Vamos a seguir discutiendo todo el tiempo sobre lo mismo?

—Es probable.

—Entonces, ¿qué te parecería firmar una tregua?

—Por mí, de acuerdo —contestó Lilah levantándose de la silla y echando a caminar por la habitación. Sus pies apenas hacían ruido sobre el entarimado del suelo, pero la pulsera sí conseguía llamar la atención del sargento—. Pero te darás cuenta de que mi padre no va a ceder en su empeño, ¿no? Evidentemente, te ha elegido a ti.

—¿Como qué? —preguntó Kevin sospechando a qué se refería.

—Como yerno —contestó ella con cara de circunstancias.

—De ningún modo —aseguró él poniéndose en pie, sin saber muy bien si presentar batalla o huir.

—Sí, de todos los modos —respondió ella mirándolo por encima del hombro—. Y, según parece, el hecho de que esté comprometida no ha cambiado en nada los planes de papá.

—¿Estás comprometida?

—Él no le gusta a papá.

—¿Y eso importa?

—A él sí —señaló Lilah, sensatamente—. Le gustas tú —añadió la rubia que pronto invadiría todas sus pesadillas, con una radiante sonrisa—. Y según las leyes que rigen el Universo del coronel Forrest, lo único que importa es quién le guste a él.

—¡Vaya suerte! —exclamó Kevin, preguntándose si sería demasiado tarde para presentarse como voluntario a una misión a ultramar.

Capítulo dos

LILAH observó al último hombre que su padre había escogido como yerno. No pudo evitar sentir admiración por su buen gusto. Kevin Rogan era alto y de hombros anchos, el uniforme parecía diseñado especialmente para él. Parecía un anuncio de reclutamiento. Era perfecto. Demasiado perfecto, pensó, contemplando sus cabellos castaños, su mandíbula dura y cuadrada, sus labios, que parecían una fina brecha en el rostro, y sus ojos verdes, de cejas arqueadas.

Tenía que concederle un punto. Al menos, aquel marine era bastante más guapo que los últimos que había puesto su padre a sus pies. Pero, guapo o no, seguía siendo un marine. Y por lo tanto quedaba fuera de la lista. Al menos, por lo que a ella se refería.

Tampoco es que tuviera a nadie en la lista de pretendientes, pero esa era otra historia.

El marine apretaba los puños a los lados del cuerpo. Lilah tuvo la clara impresión de que habría querido salir huyendo y desaparecer en la niebla. O dar un puñetazo en la pared. No podía culparlo. Después de todo, era el marido elegido por el coronel, su presa.

Y para ella se trataba de la historia de siempre.

—En serio, deberías tratar de relajarte —comentó Lilah—. Toda esa tensión no puede ser buena para el espíritu. Ni para la digestión.

—Gracias —musitó el soldado metiéndose las manos en los bolsillos—, pero me gusta la tensión. Me mantiene alerta.

Bien, en ese caso hubiera debido alegrarse de que le hubieran encargado esa misión. Porque Lilah tenía talento para poner a todo el mundo nervioso. Era un don especial.

Desde niña se las había apañado para decir lo que no debía cuando no debía. Aun así, no tenía motivos para ponerlo más nervioso de lo que ya estaba.

—No te lo tomes tan a pecho; no es nada personal —recomendó Lilah mirándolo fríamente.

—¿Qué no es personal? —repitió él, incrédulo—. Tu padre, mi Comandante en Jefe, me tiende una trampa, ¿y no debo tomármelo de un modo personal?

—Pero no eres el primero —aseguró Lilah meneando una mano y produciendo un calmante campanilleo—. Ni serás el último. Papá lleva haciéndolo desde que tenía diecisiete años. Tú, simplemente, eres el último.

—¡Qué gran consuelo!

—Sí, debería servirte de consuelo.

—¿Y por qué?

—Bueno, no creas que mi padre no es puntilloso a la hora de elegir un hombre para mí.

Solo elige a los mejores. Después de todo, soy su hija.

Sí, no era el hijo que él siempre había deseado tener. Era simplemente una hija, con colgantes de cristales y anillos en los dedos del pie, en lugar de zapatos o manuales de reglamento.

—Entonces, ¿debo sentirme halagado?

—En cierto modo.

—Pues no lo estoy. —negó Kevin.

—Ya me doy cuenta. ¿Sabes?, creo que tienes que trabajar con tu *chakra*.

—¿Mi qué?

—Olvídalo.

—No te comprendo.

—No eres el único —repuso Lilah.

—¿Eres siempre así de rara?

—Eso depende —contestó Lilah—. ¿Cómo de rara te parezco?

—¡Dios!

—Lamento la interrupción —se disculpó

el coronel entrando de nuevo en la habitación.

Ambos se volvieron para mirarlo, casi aliviados. Evidentemente, charlando solos no llegaban a ninguna parte.

El coronel se detuvo en el dintel de la puerta y los observó.

—¿Algún problema?

—Sí —contestó ella.

—No, señor —contestó él al mismo tiempo.

Lilah se volvió hacia Kevin y le lanzó una mirada dura. La furiosa expresión del rostro de él había desaparecido, sustituida por la cara indiferente y obediente del soldado profesional.

Cualquiera que lo hubiera visto se habría extrañado de saber que, instantes antes, estaba dispuesto a tirársele a alguien al cuello.

—Te cedo el turno. Es tu oportunidad, sargento de Artillería. Dile a mi padre lo que acabas de decirme.

—Sí, sargento, ¿de qué se trata? —preguntó el coronel.

Kevin miró a uno y a otro alternativamente. Por un segundo, Lilah esperó que se pusiera en pie y contestara la verdad. Pero entonces Kevin Rogan se levantó y la esperanza murió en ella.

—Le decía a su hija que sería un honor para mí acompañarla por la base durante su visita.

Lilah suspiró pesadamente, pero ninguno de los dos hombres pareció notarlo.

—Excelente —señaló el coronel sonriendo. Entonces se acercó a su hija, la besó en la frente y se volvió hacia el sargento—. Lilah te acompañará a la puerta; así podréis hacer planes.

Cuando el coronel se marchó de nuevo, Lilah se cruzó de brazos y golpeó con la punta del pie en el suelo repetida y nerviosamente.

—Cobarde.

—¡Es mi Comandante en Jefe! —señaló Kevin a modo de explicación, haciendo una mueca y encogiéndose de hombros.

—Pero no te gusta la tarea que te ha encomendado.

—No.

—Entonces, ¿por qué...?

—Tampoco quería ir a Bosnia, y fui —señaló el sargento, tenso.

Bueno, eso tenía sentido. Era cierto. A pesar de todo, resultaba refrescante poder hablar con sinceridad con uno de los elegidos de su padre. Por lo general, los hombres que él escogía estaban tan deseosos de ganarse su aprobación, que eran capaces de cualquier cosa con tal de apuntarse un tanto o dos. Incluso de mentir. Al menos Kevin Rogan era sincero. No quería estar con ella, lo confesaba abiertamente. Ni ella quería estar con él. Era casi tanto como tener algo en común.

—Bien, entonces yo soy como Bosnia, ¿no? Pero dime, ¿en qué sentido?; ¿es una misión agradable, o es como el frente?

Una rápida y leve sonrisa curvó por un instante los labios del sargento. Lilah apenas tuvo tiempo de apreciar lo bien que le sentaba a aquel rostro.

Y quizá, se dijo sintiendo revolotear mariposas en el estómago, fuera lo mejor. Solo iba a permanecer en la base unas cuantas semanas. Además, sabía de sobra que ella no encajaba en el ambiente militar.

—Aún no lo he decidido —repuso él—. Pero cuando lo sepa, te lo diré.

—Estoy impaciente —contestó Lilah sarcástica, haciéndole ver que sabía perfectamente cuál sería su decisión.

Podía leerlo en sus ojos. El sargento de Artillería había llegado ya a la conclusión de que aquella misión sería un quebradero de cabeza. Y en pocos días la conclusión sería una certeza.

—Escucha —dijo él acercándose a Lilah y bajando la voz, para que nadie lo oyera. Lilah captó entonces la fragancia de su colonia. Olía a musgo, pero se negó a pensar en el efecto que le producía. Lilah trató de concentrarse en sus palabras, en lugar de en sus labios—. Vamos a tener que estar juntos durante un mes.

—¿Y qué propones? —preguntó ella.

—Tratemos de que resulte lo más agradable posible para los dos.

—Me apunto —contestó Lilah inhalando con fuerza aquella fragancia, disfrutando de ella y sintiendo que le flaqueaban las rodillas.

Lilah levantó la vista y contempló sus ojos verdes. Por fin su expresión no era de enfado. Y tenía motas doradas en el iris. De pronto recordó que no debía fijarse en esas cosas. Él era un marine. Elegido por su padre, además.

—Tú estás comprometida —continuó él—, le guste ese chico a tu padre o no.

—Cierto —convino Lilah cruzando mentalmente los dedos a la espalda, en un intento de evitar que la mentira echara a perder su karma.

—Y yo no estoy interesado en cambiar esa situación.

—Bien.

—Así que hagamos un trato.

—¿Qué tipo de trato?

—Interpretamos el papel que quiere el coronel, y cuando acabe la visita nos despedimos como amigos.

—Parece razonable.

—Yo siempre soy muy razonable —alegó el sargento.

Lilah estaba segura de ello. Como soldado, parecía tan recto que no habría visto ni siquiera una curva de haberla tenido delante de las narices. Era exactamente el tipo de hombre que jamás encajaría con ella; el tipo de hombre del que se había pasado la vida huyendo.

En resumen, era perfecto.

Ambos sobrevivirían a aquel mes, y harían feliz a su padre. Lilah sonrió. Por primera vez en la vida, un marine y ella serían sinceros el uno con el otro. Basarían su amistad en el desagrado mutuo. La idea tenía mérito.

—¿Y bien? —preguntó él, en apariencia tan impaciente como su padre—. ¿Qué dices a eso?

—Creo que será un buen trato, sargento —contestó Lilah alargando la mano derecha.

Kevin Rogan se la estrechó envolviéndola por entero y sacudiéndola suavemente. Olas de calor subieron entonces por el brazo de

Lilah, igual que si una piedra hubiera caído en un lago, produciendo hondas. Lilah parpadeó y retuvo la mano del sargento unos instantes más de lo necesario. Solo para disfrutar de aquella sensación. Ladeó la cabeza y observó cierto brillo en sus ojos. Y creyó haberlo visto mal. Cuando él por fin la soltó, ella siguió sintiendo calor. Y eso no podía ser bueno.

Veinte minutos más tarde Kevin se había marchado y Lilah estaba sola, sentada en el salón, cuando su padre entró. Él se dirigió directamente al bar, a servirse una copa, y preguntó:

—¿Quieres tú algo, cariño?

—No, gracias —contestó Lilah escudriñando a su padre.

Era alto, guapo, con cabellos plateados en las sienes, arrugas de tanto reír y músculos tensos, como los de un joven. Lilah se preguntó por qué no había vuelto a casarse tras la muerte de su madre. Jamás se lo había preguntado. Y aquel era tan buen momento como cualquier otro.

—Papá, ¿por qué has seguido soltero todos estos años?

El coronel dejó la botella con cuidado, examinó el líquido ámbar de su vaso y se dirigió hacia el sofá. Se sentó frente a su hija, dio un sorbo y contestó:

—Jamás conocí a ninguna otra mujer como tu madre.

La madre de Lilah había muerto cuando ella tenía ocho años, pero Lilah aún guardaba unos pocos recuerdos. Imágenes, en realidad. De una bella mujer con una encantadora sonrisa. De su tacto suave. De la fragancia de su perfume. Recordaba el reconfortante sonido de las risas de sus padres en la oscuridad, la cálida seguridad de sentirse querida.

Pero luego llegaron los años de soledad, cuando su padre y ella se quedaron solos, y él estaba demasiado ocupado como para darse cuenta de que su hija había perdido tanto como él.

—¿Lo intentaste?

—No, en realidad no —contestó su padre observando de nuevo el vaso—. Sencillamente, decidí que prefería estar solo que estar con la mujer equivocada.

—Eso lo comprendo —contestó Lilah, dándole pleno sentido a cada palabra. De hecho, de haber discutido aquel asunto años atrás, quizá hubiera podido evitar la larga serie de intentos de su padre por casarla—, pero lo que no comprendo es por qué pones tanto interés en que me case yo, si a ti te gusta estar soltero.

—Porque quiero que lleves una vida estable —contestó su padre enderezándose en el asiento y dejando el vaso sobre la mesa—. Quiero que encuentres a alguien que...

—¿Cuide de mí? —terminó Lilah la frase por él, llena de frustración. Para él, ella siempre sería su hijita—. Papá, ya soy mayorcita. Puedo cuidar de mí misma.

—No me has dejado terminar —contestó él poniéndose en pie y mirándola con amor—. Quiero que tú tengas lo que tuve yo. Lo que tuvimos tu madre y yo, durante tan poco tiempo.

Era difícil enfadarse después de una contestación así. Su padre lo hacía por su bien. Pero sí podía ponerle objeciones a su método.

—Si eso es lo que quieres, puedo encontrar marido yo sola —señaló Lilah sin levantar la voz.

—No estoy seguro —dijo él observando su dedo, sin anillo de compromiso. Lilah ocultó el dedo bajo la falda. Tendría que haber comprado un anillo—. Has elegido a Ray, ¿no es eso?

—¿Y qué tiene Ray de malo?

—Nada, probablemente —concedió su padre—.

Pero no es el hombre adecuado para ti.

—¿Por qué? —se limitó Lilah a preguntar, aun sabiendo que tenía razón en más de un sentido.

—Cariño —contestó su padre tomándola de la barbilla—, vas a volverlo loco en una sola semana. Tú necesitas a un hombre tan fuerte como tú.

—¿Como Kevin Rogan?

—Podría ser peor.

—No me interesa, papá —contestó Lilah, decidida a no pensar en las emociones que Kevin Rogan había sabido suscitarle—. Ni a él tampoco.

—Él ahora está destrozado por culpa de una mujer —señaló el coronel levantando una ceja.

—Vaya, pues muchas gracias por tenderle una trampa conmigo, entonces.

—Tú le harás mucho bien, cariño —sonrió su padre—. Su ex mujer le destrozó la vida hace un par de años.

De inmediato, Lilah sintió una simpatía por el sargento de Artillería Rogan que antes no había sentido. Sabía muy bien que su padre contaba con esa inclinación natural a compadecerse de los demás y tratar de ayudarlos.

—¿Y cómo lo sabes?

—Los rumores corren por la base igual que en la vida civil —cierto, ella misma había sido objeto de esos rumores muchas veces, reflexionó Lilah—. Trátalo bien, ¿quieres? —rogó el coronel inclinándose para darle un beso en la frente.

Antes de que Lilah pudiera responder, su padre abandonó la habitación y se quedó sola. Lilah se cruzó de brazos y se acercó a la ventana a observar la niebla. Por mucho que no quisiera pensarlo, no podía dejar de preguntarse qué habría hecho la ex mujer de Kevin. Y cómo podría ella ayudarlo.

A la mañana siguiente, bien pronto, Kevin se dirigió a realizar su nueva «tarea». Aparcó el coche frente a la casa del coronel y apagó el motor. El silencio lo invadió durante unos minutos, mientras observaba la casa.

Los cristales de las ventanas reflejaban la luz del sol. El césped estaba bien cortado, el edificio bien pintado. Y, dentro, esperaba la mujer que, sabía, iba a ser su ruina.

Lilah tenía algo, pensó Kevin recordando la descarga eléctrica que lo había asaltado al estrecharle la mano el día anterior. En aquel momento no esperaba que le ocurriera algo así, de ninguna manera. Pero había sentido cómo algo se tensaba en su interior hasta atenazarlo.

Sí, llevaba demasiado tiempo sin una

mujer. Era obvio. Y eso era todo. Si el simple contacto de la mano de una *hippie* ponía en marcha sus hormonas, entonces es que necesitaba una mujer. Y con urgencia.

Pero durante ese mes, su vida privada estaba comprometida. Aunque, tenía que admitirlo, jamás había sido exactamente una fiesta. Exceptuando las visitas a su sobrina, la vida entera de Kevin se basaba en el trabajo.

La disciplina militar, con reclutas a su cargo, hacían de su vida algo ordenado. Él no era un hombre especialmente sociable, y eso había tenido que aprenderlo por las malas. Le gustaba que su vida se desarrollara con orden y precisión, al estilo militar.

Y las mujeres eran el factor desencadenante de toda catástrofe.

Kevin apretó los dientes y tragó, recordando sus penas. Todo había terminado, se dijo a sí mismo, aferrándose al volante. Trató de serenarse. Aquel asunto no tenía relación alguna con la misión que le habían encargado. Excepto, por supuesto, que la experiencia le serviría de advertencia. Para no repetirla.

Un movimiento en una de las ventanas llamó su atención. Lilah retiraba las cortinas. Su rostro sonriente apareció en el marco de la ventana, antes de dejar caer de nuevo la tela y desaparecer de su vista.

Kevin hizo caso omiso de la emoción que lo atenazó, abrió la puerta del coche y salió. Justo entonces ella apareció en el porche.

Aquel día Lilah llevaba una camisa roja que se ajustaba a sus curvas, remetida por dentro de una falda marrón justo por debajo de las rodillas. Alrededor de la cintura llevaba una cadena de plata que le caía sobre el vientre. Al saludarlo con la mano, la cadena se movió captando por un segundo un reflejo del sol, que lo quemó como si él fuera una loncha de beicon crujiente.

Cuidado, se dijo a sí mismo. Más valía estar alerta.

—¿Y bien? —preguntó ella—, ¿quieres un café antes de marcharnos?

—No, gracias.

No, no era café precisamente lo que necesitaba. Mejor le hubiera ido una copa. O que le examinaran la cabeza.

—¿Lista?

Lilah puso los brazos en jarras y ladeó la cabeza, observándolo. Sus cabellos cayeron hacia un lado como una cortina dorada, ondeando a la suave brisa. Kevin sintió que se le hacía un nudo en el estómago. No tuvo tiempo siquiera de recordarse a sí mismo que aquella era la hija del coronel.

Y no solo eso. Lilah era exactamente el tipo de chica que no le convenía, de haber estado él interesado.

Además, él no estaba interesado.

Kevin se repitió esas palabras una y otra vez mientras la observaba cruzar el jardín en dirección al coche. La falda se le arremolinaba entre las piernas. Kevin sabía que no debía ocupar su mente con esas ideas, pero no podía evitarlo. Sus ojos vagaron por toda su silueta, desde la enorme e increíble sonrisa hasta las puntas de las botas negras. Y volvió a sentir el nudo en el estómago, pero no le hizo caso.

Lilah apoyó ambas manos sobre el techo del coche y se inclinó, diciendo:

—Mi padre se ha marchado a la oficina.

—No es de extrañar —contestó Kevin con la vista fija, deliberadamente, en sus ojos—. Ha pasado ya casi la mitad de la mañana.

—Eh, tienes razón —señaló Lilah mirando su reloj de pulsera—. Son las siete cuarenta y cinco. Prácticamente, es por la tarde. Esa es una de las cosas que no echo de menos de vivir en una base militar. Levantarme pronto.

—Trataré de recordarlo —contestó él.

La recogería más tarde al día siguiente. Cuanto menos tiempo pasara con ella, mejor. Dadas las circunstancias, no iba a desaprovechar ninguna oportunidad de perderla de vista.

Capítulo tres

—¿**T**IENES frío?

Lilah casi saltó, sobresaltada por el timbre de su voz. Durante la última hora habían vagado sin rumbo por la base, y él apenas había dicho nada. Una palabra, o dos. De haberle bastado un gruñido, Lilah estaba segura de que eso habría sido todo lo que él habría proferido.

—No, estoy bien. ¿Y tú? —él la miró como si creyera que estuviera loca—. Lo siento, olvidaba que los marines jamás tienen frío —añadió Lilah levantando ambas manos, con las palmas hacia arriba.

Kevin frunció la comisura de los labios, pero la expresión de su rostro no cambió. Era como pasear con una estatua móvil. La simpatía que había sentido por él el día anterior se disolvió en un mar de frustración. Incapaz de permanecer callada, Lilah, como siempre, estalló.

—¿Y nuestro trato, Artillero?

—¿Cómo? —preguntó él, tomándola absorto del codo para rodear un coche aparcado.

Lilah hizo caso omiso del calor que prendió en su cuerpo con aquel mero contacto. No necesitaba más distracciones para sus hormonas, ni empeorar las cosas aún más. Además, a sus veintiséis años, era un poco mayor para encapricharse de hombres con los que no llegaría a ninguna parte.

Y, más aún, ¿acaso no habían hecho un trato?

—Disculpa, ¿no eras tú el tipo que ayer me ofreció un trato? —preguntó Lilah apartándose el pelo de la cara.

—El mismo.

—Uhhuh —el mismo tipo imponente, pensó Lilah echándole un vistazo, admirada. Alto, vestido de camuflaje, parecía un muro color caqui. Con preciosos ojos verdes. Y eso no tenía en absoluto ninguna relación con el trato—. Y bien, ¿qué ha sido de esa parte del trato en la que se decía que trataríamos de llevarnos bien durante este mes, y que no nos haríamos desgraciados el uno al otro?

Kevin arqueó una de sus cejas negras. Impresionante.

—¿Es que eres desgraciada?

—¡No, por Dios! —respondió Lilah con sarcasmo—. Por el momento, esto es más divertido que Disneylandia.

Kevin detuvo sus pasos y suspiró dramática y pesadamente, para volver el rostro hacia ella antes de decir:

—¿Cuál es el problema?

—El problema, Artillero, es que podría pasear por aquí sola.

—Y eso, ¿qué quiere decir?

—Quiere decir que podrías hablar de vez en cuando. ¿O es que te han ordenado que guardes silencio?

Un soplo de aire frío los barrió a ambos. Hizo revolotear la falda de Lilah, jugó con la maraña de sus cabellos, y la hizo estremecerse de arriba abajo. Pero incluso ese soplo de viento fue más cálido que la mirada de Kevin.

En un segundo o dos, sin embargo, la expresión de sus ojos cambió, reemplazada por una frustración que Lilah comprendió perfectamente. Llevaba años viéndola en los marines, casi toda su vida. Jamás había encajado en una base y, una vez más, el hecho volvía a estar claro ante sus ojos.

Kevin sacudió la cabeza, levantó la vista por encima de su cabeza y se quedó mirando la lejanía. Más allá, un avión despegó. El sol asomaba por un hueco entre las nubes.

—No, no me han ordenado que guarde silencio —contestó él bajando la mirada, para levantarla de nuevo hacia ella—. Es solo que...

—Lo sé, no quieres ser mi guía.

—No es mi mayor deseo —admitió él,

41

mirándola directamente a los ojos.

—Bien, al menos eres sincero.

—No es culpa tuya —musitó Kevin—, pero no tiene ninguna gracia.

—Cuéntamelo a mí —respondió Lilah apartándose el pelo de la cara—. ¿Crees que me gusta pasar de mano en mano, de un marine a otro? Yo no soy una patata caliente.

—¿Y por qué lo toleras?

—¿Has tratado alguna vez de decirle «no» a mi padre?

—Tengo que admitir que no.

—No te lo recomiendo —advirtió Lilah. No es que su padre se pusiera hecho una fiera; simplemente hacía caso omiso a sus objeciones. Había llamado cobarde a Kevin Rogan, pero lo cierto era que ella tampoco se había atrevido a decirle la verdad—. No me malinterpretes, papá es estupendo. Es solo que... ¿cómo explicártelo?

—¿Es un marine? —sugirió Kevin.

—Exacto.

Kevin se quedó mirándola. Su sonrisa podía calificarse de arma. De alta tecnología. Tenía la potencia de una bomba nuclear, y posiblemente causara ese efecto sobre cualquier hombre. Era capaz de dejarlos a todos gimiendo.

Pero él, no obstante, era otra historia. No, no es que estuviera ciego. Y desde luego era muy hombre; podía apreciarla como mujer. Igual que podía apreciar una obra de arte. Pero eso no significaba que quisiera llevársela a su casa y colgarla de la pared.

Tenía experiencia con las mujeres. Y no volvería a cometer el mismo error.

—De todos modos no necesito que nadie me guíe por la base, ¿sabes?, —continuó Lilah.

Kevin trató de prestarle atención. Tenía la sensación de que no prestarle atención a Lilah Forrest podía llegar a ser peligroso.

—Y eso, ¿por qué?

—Porque todas las bases son iguales —contestó ella encogiéndose de hombros, levantando una mano y señalando—: cuartel general, alojamientos, oficina de correos, comisaría... Y no olvidemos el teatro y el pabellón de recreo. Hay discoteca, sala de reclutamiento, pabellón de oficiales y, por último, aunque no menos importante, pabellón de recibimiento de nuevos reclutas —sonrió Lilah volviendo la vista hacia él—. La misma parroquia, con distinta gente.

Tenía razón, por supuesto. Lilah se había criado en distintas bases a todo lo ancho y largo del mundo. Probablemente las conociera tan bien como él. Lo cual lo llevaba una vez más a hacerse la misma pregunta. Antes de que pudiera evitarlo, Kevin inquirió:

—Y entonces, ¿qué estamos haciendo aquí?

—Me has pillado.

La frase era de lo más simple. ¿Por qué para Kevin sonó picante? Porque pillarla implicaba miles de cosas para las que su cuerpo estaba listo, de todo corazón. Por desgracia, sin embargo, no la pillaría en modo alguno. No solo era la hija del coronel, y su responsabilidad durante las siguientes semanas, sino que, además, ni Lilah era de esas chicas a las que les gustasen las aventuras, ni él era de esos hombres a los que les gustase atarse para siempre.

En resumen, estaban en terreno neutral. Y él era intocable.

Entonces ella lo tocó. Se inclinó hacia él y puso una mano sobre su antebrazo. Fue un contacto inocente, pero el calor se incrementó por todo su cuerpo. Kevin tuvo que hacer uso de toda su voluntad para hacer caso omiso. Las cosas no se ponían precisamente fáciles.

—Es extraño —musitó Lilah más para sí misma que para su callado compañero.

—¿El qué?

—Estar de vuelta en una base.

—¿Cuánto tiempo hacía que no estabas en una?

—Un año, más o menos.

—¿Y eso?

—¿Siempre hablas así? —preguntó Lilah levantando la vista.

—Así, ¿cómo?

—Con frases cortas, de tres o cuatro palabras como mucho. Hablas poco, y cuando por fin lo haces acabas casi antes de empezar.

—Tú hablas de sobra por los dos.

Sí, tenía que admitir que tenía tendencia a hablar demasiado, sobre todo cuando estaba nerviosa. ¿Pero por qué iba a estar nerviosa en ese momento? No por estar en una base, o por estar con su padre. Estaba acostumbrada a ambas cosas. Sencillamente se ponía la máscara de una sonrisa y se desvivía por hacer todo lo que nunca hacía, solo para evitar que los demás le señalaran que no lo hacía nunca.

Era un viejo truco que Lilah llevaba años utilizando. En lugar de esperar a que los demás la ridiculizaran, se adelantaba y se reía de sí misma. De ese modo todos se reían con ella. Pero no de ella.

Así que, si la razón por la que estaba nerviosa no era que estuviera en una base, entonces... debía de estar nerviosa por la persona que la acompañaba.

—Hablo demasiado. Sí, ¿dónde he oído eso antes?

—¿En todas partes? —preguntó Kevin con una levísima sonrisa.

—¡Guau! —exclamó Lilah mirándolo. Era increíble lo que una sonrisa podía hacer en el rostro de Kevin. Y no era de extrañar que él no sonriera a menudo. Todas las mujeres habrían caído rendidas a sus pies. Pero no sería ella quien se lo dijera—. ¡Has sonreído! Este es un momento verdaderamente especial. Es una lástima que no me haya traído mi cuaderno de viajes; debería tomar nota.

—¡Qué gracia!

—Gracias —contestó Lilah, posando una vez más la mano sobre su antebrazo y sintiendo una descarga eléctrica.

Bien, no contaba con eso. Instantáneamente, Lilah dejó caer la mano y dio un paso atrás, solo como medida de precaución. Guardar las distancias con el sorprendente sargento de Artillería no le vendría mal.

—Bien, si no quieres dar una vuelta por la base, ¿qué quieres ver? —preguntó él.

—¡Artillero, eh, artillero! —gritó alguien, antes de que Lilah pudiera responder. Kevin se volvió y Lilah observó al hombre que corría hacia ellos. A juzgar por la gorra, era también instructor. Se paró delante de Kevin y la miró a ella brevemente—. Disculpe, señorita, pero necesito llevarme al artillero un minuto.

—Claro.

—Sargento Michaels, esta señorita es Lilah Forrest —advirtió Kevin frunciendo el ceño.

—¿Forrest, igual que el coronel Forrest? —preguntó el marine abriendo inmensamente los ojos.

Lilah casi suspiró. Ocurría cada vez que conocía a algún soldado de la tropa de su padre. La miraban, lo imaginaban a él, y parecían incapaces de comprender que fueran padre e hija. Hacía mucho tiempo que Lilah había dejado de hacer lo que los demás esperaban de ella. Por eso sonrió y dijo:

—Sí, es mi padre.

—Encantado de conocerla, señorita —contestó el marine observando el colgante de cristal y la pulsera de campanillas. Se diría que el marine sentía lástima por su padre. Segundos después se volvió preocupado hacia Kevin—. Esta noche necesito tu ayuda.

—Estoy de baja durante un par de semanas —contestó Kevin, notando Lilah por primera vez que su voz era profunda y grave.

Debía de ser a causa de las órdenes que se veía obligado a gritar a los reclutas, como instructor. Fuera cual fuera la razón, aquel tono de voz parecía recorrer su piel y estremecerla.

—Lo sé —respondió el sargento Michaels—, pero la esposa de Porter está en el hospital. Su primer hijo está a punto de

47

nacer, y esta noche llega un autobús lleno.

—¿Un autobús? —preguntó Lilah.

—Reclutas —explicó Kevin mirándola por encima del hombro.

—Ah...

Por supuesto. Lilah sabía lo suficiente sobre el funcionamiento de una base militar como para saber que cuando llegaban nuevos reclutas, llegaban siempre en mitad de la noche. Llevarlos hasta la base en un autobús, en medio de la oscuridad, era una táctica psicológica, suponía ella. De ese modo, ellos no sabían exactamente dónde estaban, reforzaban su miedo y su compañerismo. Los obligaban a mirarse los unos a los otros en busca de ánimo.

Porque esa era la razón del entrenamiento. Reclutaban a críos, y los convertían en un equipo de marines. Los militares jamás habían apostado por el individualismo. Y esa era, precisamente, la razón por la que ella se había pasado la vida huyendo de ellos.

¿Espíritus libres en el Cuerpo de Marines? No, de ningún modo.

—No tendrás que hacer nada —repuso Michaels, hablando deprisa—, simplemente quedarte en la retaguardia.

Lilah no había visto nunca la llegada de nuevos reclutas. Y, ya que estaba allí, no era mala idea.

—¿Puedo ir yo también?

—¡No! —contestaron ambos hombres al unísono, volviéndose hacia ella.

—¿Por qué no? —preguntó Lilah mirándolos a ambos.

—Dijiste que no querías visitar la base —le recordó Kevin.

—Pero eso es distinto, solo voy a observar.

—No se permiten observadores —insistió Kevin.

—Pero el sargento Michaels acaba de pedirte que asistas como observador.

—Me ha pedido que me quede en la retaguardia —la corrigió Kevin.

—Sí, que te quedes en la retaguardia, ¿y qué es exactamente lo que vas a hacer en la retaguardia?

—Mirar —contestó Kevin.

—¡Ajá! —exclamó Lilah cruzándose de brazos y sonriendo—. En otras palabras, observar.

Lilah observó a Kevin apretar los dientes. Todos los músculos de su mandíbula se tensaron, hasta que por fin pareció confiar en sí mismo y habló:

—Sea lo que sea lo que haga, es mi trabajo —señaló Kevin—. Esos chicos no necesitan público.

—Una sola mujer no es público. Me quedaré en la retaguardia, observando.

—No.

—Escucha —intervino entonces Michaels, presintiendo que aquella discusión no tendría fin—, yo solo necesito saber si puedes venir.

—Sí, allí estaré —asintió Kevin de mala gana.

—Bien, gracias —contestó el oficial tocando el ala de su gorra y mirando a Lilah—. Señorita, que disfrute de su estancia.

—Gracias —contestó Lilah, quedándose de nuevo a solas con Kevin.

Antes de que ella pudiera comenzar a discutir otra vez sobre el mismo tema, Kevin la miró y dijo, muy serio:

—Olvídalo.

Pero una de las cosas que Lilah jamás había podido soportar era que nadie le dijera lo que tenía que hacer. Esa era otra de las razones por las que no podía soportar el ambiente militar.

—Podría hacer uso de mi rango, si fuera necesario —advirtió Lilah.

—Tú no tienes rango militar.

—Pero mi padre sí.

—Él se pondría de mi parte —objetó Kevin.

Sí, Lilah sospechaba que sería así. Su padre era un hombre muy estricto con las reglas.

—¿Pero qué mal puedo hacer a nadie?

—Ninguno, porque no voy a permitir que vayas —insistió Kevin.

—¿Sabes? —continuó Lilah echando a caminar de nuevo—, no necesito tu permiso.

—En realidad sí —contestó Kevin alcanzándola—. Lo necesitas.

—¿Cómo?

—Soy Instructor de Primera —explicó Kevin satisfecho—. Entreno a instructores. Ellos deben responder ante mí. Y cuido de los nuevos reclutas. Yo digo quién entra y quién sale. Y digo que tú no te acercas a los nuevos reclutas que llegan esta noche. ¿Entendido?

Lilah se ocultó entre las sombras al ver el autobús girar en la esquina y detenerse. Eran las dos de la madrugada, y los rostros de los pasajeros resultaban de los más expresivos.

—Probablemente están muertos de pánico —musitó Lilah, escondiéndose al escuchar pisadas cerca de ella.

El sargento Michaels, con Kevin Rogan a escasos pasos, se dirigía en dirección al autobús. El conductor abrió la puerta con un golpe que pareció resonar como el eco en el silencio de la base militar.

Lilah se puso de puntillas y deseó ser más alta. Jamás le había gustado ser bajita. La gente no se tomaba en serio a las personas bajitas. Siempre pensaban sarcásticamente que eran muy «monas». Además, hubiera preferido mil veces alcanzar ella sola la estantería de arriba del supermercado. No obstante, jamás se había sentido tan frustrada con su altura como aquella noche.

—Bastante tengo con esconderme como si fuera un criminal —susurró Lilah—. Encima de que me tomo la molestia de venir, ni siquiera veo nada.

El sargento Michaels subió los escalones del autobús y caminó por entre los asientos. Lilah captó algunos rostros pálidos. Solo podía ver bien la silueta del sargento. En cambio no tuvo ninguna dificultad en oír sus gritos.

—¡Escuchad! —resonó la voz del sargento, captando inmediatamente la atención de todos los reclutas—, cuando yo diga, bajaréis todos de este maldito autobús. Os situaréis sobre la línea amarilla pintada en la calzada, y esperaréis instrucciones. ¿Me habéis oído?

—Sí, señor —respondieron un puñado de reclutas en el autobús.

—Desde este mismo instante —gritó Michaels—, cada vez que alguien os pregunte, responderéis empezando la frase por «señor» y acabándola con «señor». ¿Ha quedado claro?

—Señor, sí, señor —respondieron unas cuantas voces.

—¡No os oigo!

—¡Señor, sí, señor!

El Sargento Michaels bajó entonces del autobús y se quedó junto a la puerta.

—¡Deprisa, deprisa, deprisa, deprisa...! —continuó gritando.

De inmediato, docenas de pies se pusieron en acción. Vociferando, corriendo y siguiendo instrucciones, un puñado de críos que el día anterior vivían en un mundo completamente distinto se apresuró a obedecer. Lilah hizo una mueca en silencio, compadeciéndose de ellos. El campamento era duro, pero si conseguían superarlo, al final serían más fuertes de lo que nunca hubieran creído. Ella jamás se había sentido parte integrante de las Fuerzas Armadas, pero tenía que reconocer que merecían su respeto. Respeto por lo que hacían, por lo que representaban, por lo que eran capaces de hacer como grupo disciplinado.

Lilah sintió el orgullo inflarle el pecho mientras escuchaba las pisadas apresuradas de los chicos. Estaban asustados, pero en pocas semanas se sentirían orgullosos de sí mismos.

—Debería habérmelo imaginado —dijo una voz a su derecha.

Lilah se sobresaltó. Apenas pudo contener un grito de terror. Se llevó una mano a la

53

garganta, se volvió y vio un par de ojos verdes que le resultaron familiares.

—¡Dios mío, casi me matas del susto!

—No me tientes.

—Eh, yo no soy uno de esos críos; no puedes darme órdenes.

—Eso ha quedado bastante claro —musitó Kevin tomándola del antebrazo con fuerza, demostrándole su ira—. ¿Por qué has venido?

—Porque tú me dijiste que no podía venir.

—¿Sabes?, jamás creí que sentiría lástima por un oficial, pero me da pena el coronel Forrest —continuó Kevin.

—Te perdono lo que acabas de decir —respondió Lilah.

Capítulo Cuatro

—¿**H**ACES alguna vez lo que se te manda? —preguntó él tensamente.

—Casi nunca —respondió Lilah, no sin orgullo.

De pie junto a ella, en la oscuridad, Kevin no sabía si deseaba estrangularla o besarla. Hiciera lo que hiciera tendría problemas, de modo que trató de resistir ambos impulsos.

A pesar de todo, podía sentir su calor atraerlo hacia ella. Y, después de tanto tiempo de abstinencia, la tentación de aproximarse a Lilah era muy fuerte. Pero las alarmas de advertencia comenzaron entonces a sonar en su mente. Por desgracia, no era su mente la que estaba de guardia aquella noche.

La luz de la luna apenas alcanzaba aquel oscuro rincón de la base. A pesar de la penumbra, Kevin no tuvo dificultades en admirar la delicadeza de los rasgos de Lilah, la palidez de su piel o la belleza de sus cabellos rizados, revueltos sobre la cara y los hombros. Kevin aspiró la fragancia de su perfume tentador, y algo se tensó muy dentro de él.

¿Qué tenía aquella mujer menudita, que conseguía atravesar las defensas que él mismo había levantado durante los dos últimos años?

—¿Cómo sabías que estaba aquí? —preguntó ella en voz baja, para que nadie pudiera oírla.

¿Cómo explicarlo?, se preguntó Kevin. No iba a confesarle que había presentido su presencia. Hubiera preferido enfrentarse a un pelotón de fusilamiento antes que admitir que, de hecho, la había estado buscando. Kevin la tomó de la muñeca y alzó su brazo, sacudiéndoselo ligeramente. El melódico tintineo de las campanas de su pulsera resonó en la oscuridad.

—Ah... —exclamó Lilah—. Sabía que debía haberme vestido un poco más de camuflaje.

—¿Un poco más? —repitió él, dejando que su vista vagara por la silueta de Lilah.

Incluso en la oscuridad, Kevin pudo ver que no iba vestida exactamente de espía. Llevaba un suéter grande de color pálido y brillante, una camisa clarita debajo y otra falda de esas que revoloteaban. La ropa no podía ser más llamativa; parecía pintada con colores reflectantes.

—Bien, ya sé que no soy una buena espía. Además, el negro no me sienta bien.

—Vamos —la animó él sin soltarle la muñeca—, te llevaré a casa.

—Podría quedarme sencillamente aquí y... —comenzó a decir Lilah, sin moverse.

—Olvídalo —la interrumpió Kevin mirando a los reclutas, que entraban en el vestíbulo de recepción—. El espectáculo ha terminado.

—Está bien, ya me voy. Pero no hace falta que me acompañes. El sargento Michaels debe de estar esperándote.

Cierto, pensó Kevin mirando a su izquierda, a través del cristal. Pero en el vestíbulo de recepción había más marines que podían ayudarlo. Y al coronel no le gustaría saber que su hija había vuelto sola a casa en mitad de la noche. Kevin tomó una decisión.

—Espera aquí.

Entonces soltó la mano de Lilah y entró en el vestíbulo de recepción. Apenas le llevó un minuto decirle al sargento Michaels que se marchaba. Kevin salió de inmediato a la oscuridad y buscó a Lilah entre la niebla. Miró en el lugar exacto donde la había dejado. Naturalmente, Lilah ni había seguido su orden, ni estaba allí. Conociéndola, en ese preciso instante podía estar en cualquier parte.

—¡Maldita sea! —musitó Kevin entre dientes.

Lilah soltó una carcajada. Estaba justo delante de él.

—¿Has probado alguna vez la meditación?

—No —negó él frunciendo el ceño, buscando entre la oscuridad y la niebla.

—Pues deberías probar; te ayudaría a dominar tu temperamento.

—¿Sabes qué otra cosa podría ayudarme? —preguntó Kevin dirigiéndose hacia ella lentamente, buscando.

—¿El qué?

—El que la gente hiciera lo que le mando.

—Te gusta dar órdenes, ¿verdad?

—Más que a ti obedecerlas, según parece —contestó Kevin.

Por fin la vio. Justo frente a él. Se materializó en medio de la niebla, como si de alguna manera formara parte de ella. La humedad de la niebla se pegaba a sus cabellos, a su silueta, coloreaba sus mejillas... Lilah inclinó la cabeza, le sonrió, y Kevin sintió como si un puño frío y tenso atenazara su corazón.

—Entonces, lo tendrás en cuenta la próxima vez, ¿eh?

Había muchas cosas que debía tener en cuenta en relación con Lilah, se dijo Kevin seriamente. Y una de las más importantes era que estaba comprometida, que era la hija del coronel y que solo estaría en la base una temporada.

—¿No te parece misterioso este lugar de noche? —susurró Lilah.

—Sí, bastante.

—Es como una película de terror —sugirió Lilah.

—Sí, justo antes de que alguien nos asalte, saliendo de la niebla.

—Bueno, creo que hablar de eso no ha sido una buena idea —comentó Lilah acercándose un paso hacia él, mirando a su alrededor.

—¿Estás asustada? —preguntó él sorprendido.

Kevin habría jurado que nada podía asustar a Lilah. Desde luego, su padre no la asustaba. Ni él. Pero, aparentemente, los fantasmas sí. Lilah lo tomó del brazo y Kevin echó a caminar. Conocía la base como la palma de su mano. Con niebla o sin ella, podía llevarla a casa sin ningún problema.

—Bueno, no me encantan las películas de terror, la verdad —admitió Lilah—. Me atrapan, me implico demasiado en la trama, y entonces es como si fuera a mí a quien persigue el maníaco del cuchillo —silbó, asustada—. No, yo prefiero las comedias románticas.

La niebla los envolvía como un manto y

estaban rodeados de silencio. Solo podían oír el resonar de sus propias pisadas; pisadas al unísono, gemelas. Lilah se agarraba con fuerza del brazo de Kevin, procurándole calor. Y Kevin disfrutaba de ese contacto. Hacía mucho tiempo que no salía de paseo con ninguna mujer. Y, aunque aquel era un asunto de trabajo, eso no significaba que no pudiera disfrutar.

—Pues yo prefiero las películas de aventuras y de acción —musitó Kevin en voz alta.

—Vaya, qué sorpresa —rió Lilah.

—No hay nada mejor que unas cuantas explosiones o un par de peleas —continuó Kevin riendo también.

—¡Ah... el romance...!

—¡Ah... la gloria...!

Kevin y Lilah caminaron juntos en silencio durante un minuto o dos antes de volver a hablar. Kevin se preguntaba cuánto tiempo podría estar ella sin abrir la boca. Y, evidentemente, no era mucho.

—Así que, ¿a qué te dedicas cuando no eres el sargento de Artillería Rogan?

—¿Cuándo no soy el sargento Rogan?

—Cuando estás de vacaciones —explicó Lilah—, libre. Salir y eso.

Hacía tanto tiempo que Kevin no se tomaba unos días libres, que ni siquiera recordaba qué hacía en esas ocasiones. Por supuesto, antes del divorcio siempre tenía planes: comprar una barca y montar una empresa de pesca en una isla del Caribe. Pero su tranquilo y ordenado mundo se había arruinado, junto con sus planes.

La pregunta seguía en el aire y Kevin buscó una respuesta que pudiera satisfacer la curiosidad de Lilah.

—Voy a ver a mi hermana y a mis hermanos. Y a mi sobrina.

Lilah captó el orgullo con que Kevin lo decía y sonrió esperanzada. Ella era hija única, jamás sería tía. Y, al paso que iba, tampoco sería madre. De pronto, Lilah se vio a sí misma treinta años más mayor, en su pequeño apartamento de San Francisco, rodeada de gatos y asomando la cabeza por la ventana, observando cómo el mundo seguía girando sin ella. La perspectiva no era muy halagüeña.

—Sabes, cuando te callas me asustas —dijo él de pronto.

—¿Un marine, asustado? No te creo.

—Bueno, preocupado, más que asustado. ¿En qué estabas pensando?

—Simplemente me preguntaba cómo sería crecer rodeada de hermanos y hermanas —contestó Lilah, ocultando la tristeza que le producía un futuro sola, rodeada de gatos.

—Muy ruidoso.

—¿Y divertido? —preguntó Lilah.

—A veces —contestó Kevin tras una pausa, considerándolo—. La mayor parte del tiempo resulta trabajoso. Yo soy el mayor, así que por lo general me dejaban a cargo de todos y...

—Así que por eso te resulta tan natural dar órdenes —lo interrumpió Lilah.

—Sí, puede que sea cierto...

—Lo siento; continúa.

—No hay mucho que contar —añadió Kevin encogiéndose de hombros—. Tengo una hermana más pequeña que yo y tres hermanos. Trillizos.

—¿Trillizos? ¡Guau! ¿Y son idénticos?

—Oh, sí. Casi nadie los distingue.

—Pero tú sí —afirmó Lilah disfrutando de la conversación, notando el orgullo de Kevin.

—Claro, son mis hermanos.

—¿Y tu sobrina?

—¡Ah...! —exclamó Kevin entusiasmado—, Emily es preciosa. Acaba de aprender a andar, así que está volviendo loca a mi hermana Kelly.

Lilah disfrutó al oírlo hablar de su familia. Su voz parecía pletórica de amor. Mientras él los describía, Lilah imaginaba las escenas. Los hermanos debían de parecerse a Kevin, se figuró, aunque hubiera apostado cualquier cosa a que no eran tan guapos. Después de todo, ¿cuántas posibilidades había de tener cuatro chicos apuestos en una sola familia? Lilah imaginó a Kelly y a su hija y...

—¿Cómo es el marido de Kelly? —preguntó de inmediato, suponiendo automáticamente que estaba casada.

Kevin Rogan, casi el cabeza de familia, y tan autoritario, jamás habría permitido que su hermana fuera madre soltera. Lilah sintió que los músculos del brazo de Kevin se tensaban al oír la pregunta. Fue algo ligero y enseguida volvió a relajarse. Según parecía, su cuñado no era precisamente apreciado en la familia.

—Jeff es marine. Ahora mismo está en una misión. En alguna parte.

—¿En alguna parte?

—Pertenece a las Fuerzas Especiales. Kelly ni siquiera sabe dónde diablos está.

—Y eso a ti no te hace muy feliz —comentó Lilah.

Kevin se encogió de hombros, y Lilah deseó ver la expresión de su rostro. La niebla, sin embargo, seguía siendo demasiado espesa. Era como un fantasma que los envolviera con sus tentáculos.

—Los marines son terribles como maridos, eso es todo —aseguró por fin Kevin.

—Sí, en general es así, ¿no te parece?

—Sí, lo sé por experiencia —confirmó Kevin.

Lilah recapacitó, recordando lo que le había dicho su padre acerca de la ex mujer de Kevin. Ella lo había abandonado. Debía andarse con tiento, al hablar de ello. No quería que Kevin se enterara de que había oído rumores. Kevin no parecía de esos a los que no les importaba que se airee su intimidad.

—Entonces, ¿fuiste un marido terrible?

Kevin detuvo sus pasos unos instantes, pero enseguida volvió a caminar. De no haber prestado Lilah mucha atención, jamás se habría dado cuenta de que había vacilado.

—Eso debió de pensar mi ex mujer —dijo él escuetamente.

—Y ella, ¿era una buena esposa?

Probablemente no hubiera debido hacer esa pregunta, pero no pudo resistirse. Para Lilah preguntar era algo perfectamente natural. No quería parecer una fisgona, pero tampoco podía reprimir sus deseos de ayudar. Fuera su ayuda necesaria o no.

—Preferiría no hablar de ello.

—Pues a veces hablar ayuda —comentó ella—. Algunas veces, contarle a un extraño tus problemas te ayuda a solucionarlos.

—No hay nada que solucionar —contestó

él con voz dura y fría, cortante—. Todo terminó. Mi matrimonio fue un fracaso, todo acabó hace un par de años.

Quizá, pensó Lilah. Pero algo en su voz le decía que él no había logrado superarlo del todo. Aunque, probablemente, Kevin no estuviera dispuesto a confesarlo. Había disfrutado de la conversación con él hasta ese mismo instante, así que Lilah decidió que lo mejor era guardar silencio. No tenía sentido discutir.

Lilah tropezó con algo en medio de la niebla y la oscuridad. Habría caído de bruces al suelo de no haberla sujetado Kevin.

Él tenía las manos en su cintura y la sujetaba mientras Lilah trataba de recuperar el equilibrio. Ella trató por todos los medios de ignorar el calor que sus manos le procuraban.

Era ridículo. Tenía veintiséis años. Era la última chica virgen que quedaba en toda California. Fingía tener novio, y desde luego no tenía sentido dejarse arrastrar por el atractivo de un marine de desastrosa actitud y encantadora sonrisa.

Y sin embargo...

Lilah lo miró a los ojos. La niebla que los envolvía pareció abrirse entre ellos, llevada por la brisa marina y dejándolos a la luz de la luna. Kevin no la había soltado. Lilah sentía en la piel el contacto de sus dedos, a través del suéter y la camisa. El pulso de Kevin parecía martillear dentro de ella, acelerando los latidos de su propio corazón.

—Esta no es una buena idea —dijo él inclinándose sobre su rostro, como si la viera por primera vez en aquel instante.

—Sí, es terrible.

—No tenemos nada en común.

—Absolutamente nada —volvió a confirmar ella.

Lilah se lamió el labio inferior con la lengua y él observó aquel gesto atentamente. El estómago de ella volvió a agarrotarse como si estuviera en una montaña rusa, corriendo a toda velocidad.

—Solo vas a estar aquí un mes.

—Sí, quizá menos —asintió ella.

—Estás comprometida.

—Sí, cierto.

—Pero... —continuó susurrando él, bajando la cabeza otro poco más—... si no te beso ahora mismo creo que voy a volverme loco.

—Eso no puedo discutírtelo —contestó ella con un suspiro.

Lilah permaneció con los ojos abiertos, observándolo acercarse más y más. Cuando por fin los labios de Kevin rozaron los suyos los cerró, y se quedó sin aliento. De no haber estado sujetándola él, se habría venido abajo nada más sentir el contacto de ambas lenguas. Las rodillas le fallaban.

Lilah gimió y se apoyó en él. Los brazos de Kevin la rodearon como un anillo de hierro, presionándola contra él, sujetándola y estrechándola con fuerza. Sus manos la acariciaban arriba y abajo.

La boca de Kevin era una tortura, su aliento le rozaba las mejillas. Lilah sintió el corazón de Kevin latir contra su propio pecho. Él exploraba su boca, recorría con la punta de la lengua sus labios y sus mejillas, le arrebataba el aliento. Ella respondió lo mejor que pudo, devolviéndole las caricias mientras se colgaba de sus hombros en un esfuerzo por permanecer en pie y no caer rendida al suelo.

Jamás, pensó Lilah dejándose llevar por sensación tras sensación, jamás había sentido algo así. Era como si tuviera fuegos artificiales en el cuerpo. La sangre le hervía a borbotones en las venas, mientras sentía un pulso vibrante comenzar a latir en lo más profundo de su ser.

Kevin gruñó y la estrechó aún con más fuerza. Su beso se hizo tan profundo entonces que Lilah creyó que la devoraría allí mismo. Y tuvo miedo de que no lo hiciera.

Deseaba más. Deseaba sentir las manos de Kevin sobre su cuerpo. Deseaba rozar piel contra piel, disfrutar de la experiencia de que fuera Kevin Rogan quien derribara sus defensas.

Lilah sentía como si hubiera estado esperando aquel preciso instante toda su vida. Aquella noche, a la luz de la luna, con la niebla envolviéndolos como una telaraña, Lilah experimentó la vertiginosa experiencia que toda novela de amor prometía.

La pregunta era: ¿qué haría al respecto?

Capítulo cinco

PERO la razón se impuso por fin en la mente de Kevin que, instantáneamente, soltó a Lilah y dio un paso atrás. Sentía los brazos vacíos sin ella. Aún tenía el sabor de Lilah en la boca, pero sabía que aquello había sido un tremendo error. Y, a pesar de saberlo, tuvo que reprimirse para no volver a abrazarla y saborearla de nuevo.

Kevin se llevó la mano a la nuca y se la restregó con fuerza. No sirvió de gran ayuda.

—¡Guau! —exclamó Lilah en voz baja. Kevin, no obstante, la oyó. La voz de Lilah le llegaba igual que su perfume—. Eso sí que ha sido un beso.

—Sí —musitó él con voz ronca, pensando en la suerte que tenía de que fuera de noche, para que ella no pudiera ver cuánto le había afectado. Ella quizá no pudiera notarlo, pero Kevin sí. Y el desagrado que le produjo bastó para que su voz sonara áspera—. Lo lamento. Me he pasado de la raya... Escucha, Lilah, creo que lo mejor será que olvidemos lo ocurrido.

Entonces se hizo el silencio.

Lilah debía de estar a punto de maldecirlo, de pegarle un puñetazo o, peor aún, pensó Kevin asustado, de ir a contárselo a su padre. Estupendo. Justo lo que necesitaba. ¿En qué diablos había estado pensando? Era la hija de su Comandante en Jefe. Una mujer comprometida. Una loca.

En un instante, Kevin vio el fin de su carrera militar y se vio trasladado a una base militar en el Polo, arrojado fuera del Cuerpo. Nadie podía prever qué haría ella, una vez se le hubiera pasado el shock.

—Creo que se me ha puesto la carne de gallina.

—¿Qué? —preguntó él, parpadeando.

—En serio —continuó ella—. Ese beso ha sido alucinante, sargento de Artillería Rogan.

—Gracias.

¿Qué otra cosa hubiera podido decir? Tenía que haberse figurado que Lilah no iba a reaccionar tal y como él esperaba. Cualquier mujer en su sano juicio se habría puesto furiosa o... bueno, simplemente se habría puesto furiosa. Pero lo cierto era que Lilah Forrest ni siquiera vestía con cordura.

—Quiero decir —continuó Lilah con admiración—, que podrías incluso dar clases. Olvídate de los marines, harías una fortuna como playboy.

—¿Qué?

—Era una broma. Simplemente estaba comprobando qué tal estás —explicó Lilah riendo. Su risa sonaba tan melódica como las campanillas de su pulsera—. Te has quedado tan callado, que creí que serías la primera persona que entraba en coma de pie.

—Estás loca, ¿lo sabías? —preguntó Kevin, creyendo que la sorprendería.

—¿Por qué?, ¿porque no te he abofeteado y he corrido a decírselo a papá?; ¿preferirías que me enfadara?

—Bueno, sí. Al menos lo comprendería.

—Pues siento desilusionarte —respondió ella, echando de nuevo a caminar en dirección a su casa.

Kevin corrió hasta alcanzarla. Aun sin la niebla el ambiente era húmedo y olía a mar. Oscuras nubes se cernían sobre el cielo negro, cubriéndolo y desvelando estrellas como si la mano de un gigante jugara al escondite con un montón de diamantes.

—No estoy desilusionado —dijo él sopesando con cuidado sus palabras—, simplemente... confuso.

—Pues no sé por qué. Tú me has besado y yo te he devuelto el beso. Y ha sido una experiencia tremenda.

Más que tremenda, pensó Kevin para sus adentros. Sin embargo calló. En lugar de confesarlo, dijo:

—Y eso es todo. Ningún problema.

Lilah levantó la vista hacia él. A la luz de la luna Kevin pudo ver la sonrisa de sus deliciosos labios.

—Si quieres correr a buscar una espada, yo te ayudaré a clavártela.

—No era eso lo que quería decir —contestó Kevin tenso, preguntándose por qué lo molestaba tanto que Lilah no estuviera enfadada.

—Entonces, ¿qué querías decir? —preguntó ella llegando a la valla que rodeaba el jardín de su casa.

Kevin se quitó la gorra reglamentaria y se pasó la mano por los cabellos cortos, reflexionando.

—No sé qué he querido decir; lo único que sé es que no te comprendo.

—¡Ah! —sonrió ella—. El misterio de Lilah Forrest.

—Eso es lo que eres.

—¿Porque no me desmayo ni salgo corriendo y gritando en medio de la niebla solo por un beso? —sacudió la cabeza Lilah, mirándolo. Las rodillas habían dejado de temblarle y el corazón se le había serenado, pero seguía sintiendo un nudo en el estómago; seguía nerviosa y excitada—. Si es eso lo que crees, entonces o bien piensas demasiado bien de ti mismo, o bien piensas demasiado mal de mí.

—Ninguna de las dos cosas —alegó él—. Simplemente eres... sorprendente, eso es todo.

—Y eso, ¿es bueno o malo?

—De eso tampoco estoy seguro.

—Cuando lo descubras, me lo dirás, ¿verdad?

—Serás la primera en saberlo —prometió Kevin—. Pero no contengas el aliento. Solo vas a quedarte en la base unas cuantas semanas, y algo me dice que tardaría años en comprenderte.

—A veces, ni siquiera basta con eso —repuso Lilah pensando, esa vez, en su padre.

Por supuesto, ella no era la chica más experta en amores de los alrededores, pero aunque lo hubiera sido, el beso de Kevin Rogan habría destacado entre los demás. Aquel soldado era un absoluto maestro en el manejo de los labios. Lilah se pasó la lengua por el labio inferior recordándolo, saboreando una vez más el beso de Kevin. Eso bastó para excitarse una vez más.

Deseaba besarlo otra vez. Pero a pesar de admitirlo en silencio, sabía lo peligroso que era. Después de todo, él era un militar. Un marine, nada menos. Un hombre exactamente igual a su padre en propósitos, en intenciones y objetivos. Los dos eran iguales en sus puntos de vista, en sus metas y, sin duda, también en su valoración de las mujeres. Y la valoración que ella debía de merecerles no era en absoluto la mejor. Ella había sido la ruina de su padre, desde que tenía uso de razón. Y no tenía por qué ser diferente para Kevin Rogan.

¿Cómo podía interesarse, ni remotamente, por un hombre al que había escogido su padre? Era algo que jamás había ocurrido. En el resto de las ocasiones, cada vez que su padre había arrojado un marine a sus pies, Lilah lo había espantado con su forma de ser, o bien se había aburrido hasta el tuétano con él.

¿Quién hubiera podido prever que, justo cuando se presentaba en la base esgrimiendo un compromiso matrimonial falso, sería precisamente cuando conociera al marine que sabría despertar en ella el deseo y la alarma en todo su cuerpo? La palabra clave de esa pregunta era, sin duda, «alarma». De haber tenido sentido común, Lilah habría entrado en casa y le habría dicho a su padre que no podía quedarse. Y se habría marchado a San Francisco. De vuelta al mundo en el que se sentía cómoda, segura, querida y respetada.

Pero Lilah sabía muy bien que no se marcharía a ninguna parte.

No después de un beso como aquel.

Quería saborear otro y, quizá, otro después.

De pronto, cediendo a ese pensamiento, Lilah se puso de puntillas y posó los labios sobre los de él. Kevin se puso rígido, como si de pronto lo hubieran llamado al orden. Pero la electricidad corría de uno a otro, despertando el deseo en Lilah e impulsándola a buscar más. Ella lo abrazó por la nuca y ladeó la cabeza, dando y pidiendo más a cambio.

Los segundos fueron pasando, mientras Lilah esperaba la respuesta de él. Cuando finalmente se produjo, la reacción de Kevin fue mejor aún de lo que ella esperaba. Sus brazos la rodearon por la cintura, sus manos la estrecharon por la espalda, contra sí, con fuerza. Lilah sintió su necesidad pulsar contra ella mientras él la obligaba a abrir los labios con la lengua y reclamaba toda su boca.

Lilah suspiró y lo oyó tragar y gemir desde lo más hondo de su pecho. Kevin tiró de ella contra sí, y Lilah fue consciente inmediatamente del enorme deseo que sentía por ella, de lo excitado que estaba. Algo húmedo y caliente, terriblemente excitante, pareció corroerla en lo más profundo de su ser. Lilah no deseaba otra cosa que dar rienda suelta al deseo.

El aliento de Kevin rozaba sus mejillas y su calor la rodeaba. El silencio de la noche parecía envolverlos a los dos. Solo se escuchaban los latidos de sus corazones.

Entonces él apartó los labios y se quedó mirándola enfebrecido, profundamente atónito. Pero a pesar del rechazo que eso suponía, Kevin no pudo ocultarle la pasión de sus ojos. Eso, por no mencionar la reacción de su cuerpo masculino, que le decía todo lo que necesitaba saber, acerca de si la deseaba o no.

—¿Por qué has hecho eso? —exigió saber él, deslizando las manos desde su espalda hasta los antebrazos. Aquellos dedos se aferraban con fuerza a sus brazos, pero a pesar de ello el contacto era delicado—. ¿No acabamos de convenir que lo mejor es olvidar el otro beso?

—En realidad no —dijo ella respirando hondo, tratando de calmar su acelerado corazón—. Eres tú quien lo ha dicho.

—Lo que sea.

—Y —continuó Lilah como si él no hubiera abierto la boca—, pensé que si íbamos a olvidarlo, sería mejor que primero lo hiciéramos memorable.

—¿Memorable? Pero si lo hacemos memorable, entonces no podremos olvidarlo.

—Bien, yo no quiero olvidarlo.

—¿A qué estás jugando? —preguntó Kevin soltándola y dando un paso atrás.

—¿Quién está jugando?

—Escucha —dijo él de mal humor—, has venido solo a pasar unas semanas. Eres la hija de mi Comandante, y estás comprometida con un pobre diablo que probablemente estará pensando en cuánto te echa de menos.

Lilah imaginó a Ray, sin duda en casa, cenando con Victor. El enredo y el engaño se cernían sobre ella, amenazándola.

Si le decía a Kevin que lo deseaba, entonces estaría engañando a su supuesto novio. Pero si le decía la verdad, es decir, que no estaba comprometida, entonces sería como declararse mentirosa. De un modo u otro, siempre salía perdiendo.

Lo cual, probablemente, fuera lo mejor, se dijo Lilah a sí misma mientras la sangre se le iba enfriando y el cerebro despejando. Por muy bien que besara Kevin, el hecho cierto era que jamás habría nada entre ellos. Él era un militar, y ella jamás había encajado en ese ambiente.

—Tienes razón —concedió al fin Lilah, asintiendo para sí misma.

—¿La tengo?

—No te sorprendas tanto; hasta un ciego encuentra a veces lo que busca.

—Gracias —dijo él seco.

—Entonces, ¿estamos de acuerdo?

—¿En qué? —inquirió él.

—En que no vamos a volver a besarnos.

—Sí, estamos de acuerdo —asintió él.

—Bien, estupendo.

—Estupendo.

—Sí, estupendo —repitió Lilah volviendo la vista hacia la casa—. Creo que será mejor que entre.

—Sí, deberías entrar.

Lilah estaba helada por fuera, y ardiendo por dentro. Sencillamente, no era justo. Quizá fuera su castigo, por permitirse a sí misma llegar tan lejos. Después de todo, debía habérselo figurado. Hacía mucho tiempo que había recibido extraoficialmente el título de «última virgen de California».

Lilah saltó la valla que rodeaba el jardín, levantó las piernas y quedó en medio de los arbustos de rosas de su padre. Un par de espinas se engancharon en su suéter, pero ella no hizo caso.

—¿Te veré mañana?

—Aquí estaré —contestó él, alejándose otro paso de la valla.

—Muy bien, entonces. Buenas noches —añadió Lilah dándose la vuelta a medias, y haciendo una pausa. Entonces lo miró por encima del hombro. A la luz de la luna, en medio de la niebla que lo envolvía, Kevin estaba más atractivo que nunca, y resultaba tan inalcanzable como las estrellas. Por eso no pudo resistirse a añadir—: Ah, y besas de miedo. Puedes apuntarlo como uno de tus récords.

Kevin puso cara de mal humor. Lilah se dio la vuelta y se dirigió a casa. Podía sentir la mirada de él en la espalda. El calor la invadió igual que si estuviera junto a una chimenea. No pudo resistirse y se echó a temblar. Tenía un serio problema. Por eso mismo fue una suerte que no oyera a Kevin decir:

—Pues tú tampoco besas mal.

Una semana.

Ella había estado en la base solo una semana, pero todo el mundo de Kevin se había ido derrumbado. Ni siquiera podía dormir. Cada vez que cerraba los ojos veía su rostro, oía su voz, escuchaba el débil sonido de aquellas campanillas que formaban parte de su ser tanto como sus cabellos dorados.

Kevin entró en la guardería infantil de la base militar con expresión de mal humor. Saludó a la encargada, se dirigió al fondo de la sala y abrió el refrigerador para sacar una soda y marcharse.

—Hola, sargento de Artillería Rogan, ¿no es eso?

Kevin se quedó helado, pero consiguió volver la vista para dirigirla hacia su derecha, hacia la mujer que le sonreía. De no haber sido por Lilah, Frances Holden no habría sabido jamás su nombre. Pero gracias a la insistencia de la hija del coronel, que se había empeñado en sacar de paseo a los niños de la guardería, la encargada del lugar y él se conocían bien.

—Señora, me alegro de volver a verla —saludó Kevin agarrando la botella de soda por el cuello.

—Mentiroso —rio la mujer haciendo vibrar toda la cristalería de la estantería—. Ahora mismo te estás preguntando qué querré, y cuánto tiempo te llevará realizar el encargo.

—No, señora —se apresuró Kevin a alegar, preguntándose de dónde sacaba aquella mujer el poder de leerle la mente.

—Solo te llevará un minuto —continuó ella levantando una mano para oponerse a sus objeciones—. Nada más verte, se me ocurrió una cosa.

—¿Sí, señora?

—La próxima vez que veas a Lilah, ¿quieres, por favor, darle las gracias de mi parte otra vez?

—¿Otra vez? —preguntó Kevin, lleno de curiosidad.

—Sí, ya le he dado las gracias una vez, pero no es suficiente. Aunque estoy segura de que ella no está de acuerdo conmigo en ese punto.

Sí, Lilah seguramente no estaría de acuerdo. Era capaz de discutir con quien fuera sobre lo que fuera. Aunque no era a eso a lo que se refería aquella mujer, ¿verdad?

Kevin apretó el cuello de la botella. No le hubiera sorprendido que el cristal estallara en su mano. ¿Por qué tenía aquella mujer que hablar dando un rodeo, en lugar de decir exactamente lo que deseaba? De haber sido un hombre, habría soltado inmediatamente lo que tuviera que soltar, y se habría marchado. Era mucho más simple.

La mujer frente a él seguía hablando sin parar. Kevin levantó una mano tratando de detener el flujo de sus palabras. Entonces su voz se desvaneció, y él hizo una pregunta:

—¿Por qué tiene que darle las gracias, exactamente?

—¿Es que no te lo ha dicho ella? —preguntó la mujer—. Es típico de Lilah. ¡Qué chica tan dulce y buena! El coronel debe estar muy orgulloso de ella. ¡Es tan considerada con todos! No tenía ninguna necesidad de hacerlo, francamente. Ni siquiera sé cómo lo ha hecho. ¡Dios sabe...!

—Señora —la interrumpió Kevin de nuevo—, dígame, ¿qué ha hecho Lilah?

—¡Oh, por el amor de Dios! —sacudió la

cabeza la mujer—. Fue a una tienda de la ciudad y los convenció, no sé cómo, de que donaran abrigos para los niños de la guardería. ¡Para todos! La mayor parte de los padres están alistados, y la paga no es muy cuantiosa —explicó sin dejar de mirarlo—. Es una chica maravillosa, ¿verdad?

Antes de que Kevin pudiera responder, la señora Holden se había marchado. Lo había dejado de pie, solo, preguntándose qué más cosas no sabía acerca de Lilah Forrest.

Capítulo seis

—¿SABES que jamás te he visto sin uniforme? —preguntó Lilah mirando a Kevin de arriba abajo, de pie, en el porche de su casa. Kevin levantó ambas cejas sorprendido, y Lilah comprendió entonces cómo había sonado la pregunta—. Quiero decir que jamás te he visto vestido de civil —se explicó saliendo de casa y cerrando la puerta.

—Sí, bueno, me siento más cómodo con el uniforme —aseguró él tomándola del brazo y guiándola a la calle.

Lilah lo miró por el rabillo del ojo. No le creía ni una palabra. Jamás había conocido a un Marine que no se vistiera de civil en cuanto saliera de la base. Los uniformes, en la calle, llamaban mucho la atención, y los marines preferían siempre pasar desapercibidos. No era comodidad lo que Kevin buscaba en el uniforme. Lo utilizaba como una barrera. Una barrera entre ellos dos.

Probablemente pensara que el uniforme les recordaría que estaban juntos por decisión de su padre, no por elección personal. Como si ella necesitara que se lo recordaran.

Lilah jamás había sido una chica de éxito, de esas que tenían citas continuamente. Incluso en el instituto, se sentía ya demasiado extraña en un mundo en el que los demás trataban a toda costa de encajar. Y las cosas no habían mejorado en la universidad. De hecho, prefería asistir a clase antes que confraternizar. Por eso no había salido mucho en aquel entonces. Y eso explicaba que siguiera siendo virgen. Era difícil perder algo que nadie quería.

Una brisa vigorosa sacudió la base, arremolinándole las faldas color azul zafiro en torno a las pantorrillas. Lilah llevaba una camisa blanca de algodón y un suéter largo hasta las rodillas, también azul. Tiró del jersey y miró a Kevin, ante de preguntar:

—¿Es que nunca tienes frío?

—No —contestó él sin soltarle el brazo—, pero si alguna vez lo tengo, estoy seguro de que me conseguirás una chaqueta.

—¿Cómo? —preguntó Lilah sin dejar de observarlo, tropezando con la acera y tambaleándose. Lilah habría caído al suelo de no haberla agarrado él. En cuanto recobró el equilibrio, preguntó—: ¿De qué estás hablando?

Kevin la guió hasta el coche, la soltó y le abrió la puerta. Luego, apoyando ambas manos sobre sus hombros, con los ojos fijos en ella, contestó:

—Esta mañana me he encontrado con la señora Holden.

—Ah...

—Me pidió que volviera a darte las gracias.

—Pues dile que de nada —sonrió Lilah agarrándose las faldas para subir al coche.

—¿Por qué lo has hecho?

—¿Hacer qué? —preguntó Lilah deteniéndose un momento para mirarlo a los ojos—. ¿Conseguir los abrigos para los chicos?

—No, inventar la penicilina —contestó él secamente.

—¡Qué gracioso!

—Gracias. Pero dime, ¿por qué?

Lilah se encogió de hombros, tratando inútilmente de aclarar la situación, y respondiendo:

—Los chicos necesitaban abrigos, y era un buen trato para ambas partes. La tienda consigue una rebaja en los impuestos y ayuda a la comunidad, y los chicos consiguen abrigos nuevos. Todo el mundo sale ganando. ¿Por qué no iba a hacerlo?

—La mayor parte de la gente no se habría molestado en ir a hablar con el dueño de la tienda para conseguir que donara unos abrigos.

—Sí, pero como tú ya has dicho una vez,

yo no soy como la mayor parte de la gente
—sonrió Lilah.

—Entendido —concedió él observándola
subir al coche. Kevin cerró la puerta, dio la
vuelta al vehículo y se sentó al volante antes
de decir—: Solo quiero añadir que me parece muy noble por tu parte.

Incómoda y violenta, como siempre que
la alababan, Lilah echó la cabeza atrás y se
quedó mirándolo atónita.

—Eh, ¿eso es un cumplido?

—Podría ser.

—Y yo he vuelto a olvidarme de mi cuaderno de notas otra vez.

—Nunca dejas de sorprenderme.

—Estupendo —confirmó Lilah—. Detesto
que la gente sepa lo que voy a hacer.

—Pues a mí me gusta saberlo todo con
antelación —repuso él arrancando el motor.

—¿Por qué será que no me sorprende?
—murmuró ella poniéndose el cinturón de
seguridad y volviendo la cabeza al frente.

Kevin echó marcha atrás y salió del aparcamiento. Lilah apenas prestaba atención a las
escenas de la calle al pasar. En lugar de ello,
su mente seguía su propio curso. Se había
alegrado mucho de conseguir abrigos para
los niños, y no le había costado demasiado
esfuerzo. Si algo sabía hacer bien, era hablar
con la gente. Y, después de todo, el trato había

sido beneficioso para ambas partes.

Pero jamás se había sentido cómoda cuando la alababan. Prefería hacer tareas voluntarias, y desaparecer luego en la niebla. Como el Llanero Solitario, pensó sonriendo en silencio.

Kevin condujo hasta la puerta de la base y se detuvo, esperando el momento de poder incorporarse al tráfico. En cuanto lo consiguió, rompió el silencio que se había hecho en el vehículo.

—Al menos Sea World no estará muy lleno. En esta época del año no hay muchos turistas.

Contenta al ver que él había cambiado de tema de conversación, Lilah se volvió hacia él y sonrió.

Él tenía razón. Cuando, veinte minutos más tarde, llegaron al aparcamiento de Sea World, Kevin pudo escoger el lugar que se le antojó. El clima debía tener mucho que ver con ello, pensó Lilah. Un cielo plomizo, y un fuerte y frío viento impedían incluso que los lugareños fueran a visitar el parque. Era casi como si aquel día el lugar fuera un regalo solo para ellos.

Kevin la observó. Lilah estudiaba el panfleto y decidía qué prefería ver en primer lugar. Algo en su interior se tensó. Ella resultaba tan... tentadora.

Siempre tenía un aspecto desordenado; un aspecto que le hacía desear rodar por la cama con ella sobre sábanas de seda. Nada más ocurrírsele la idea, Kevin tuvo que reprimirse para no lanzarse sobre ella. Pero lo importante no era la reacción de su cuerpo ante ella, no. También le gustaba la forma en que funcionaba su mente. Por mucho que lo frustrara. Hablar con ella era como caminar en círculos, y su sentido del humor resultaba a veces inquietante. Pero el sonido de su risa era capaz de reanimarlo.

Y de pronto se enteraba de que ella era lo suficientemente generosa como para pensar en los demás y tratar de conseguir abrigos para los niños. Y además era lo suficientemente modesta como para sentirse cohibida cuando él lo mencionaba.

No podía ser más distinta de su ex mujer. Alanna no veía más allá de sí misma. Se había liado con él para conseguir lo que quería, lo que no podía obtener sin él: la entrada en los Estados Unidos.

La vieja herida volvió a sangrar. Kevin enterró el recuerdo en lo más hondo de su corazón esperando que no volviera a surgir. No pensaba muy a menudo en Alanna; le gustaba que ella se convirtiera progresivamente en parte de su pasado. Aunque tenía que admitir que aún tenía influencia sobre él en el presente, y desde luego seguiría teniéndola en el futuro. Jamás volvería a confiar en el amor a primera vista. Jamás volvería a creer en una mujer cuando le dijera que lo amaba más que a la vida misma.

Y, lo más importante de todo, jamás se permitiría volver a mostrarse vulnerable. Si eso significaba vivir solo, así tendría que ser.

Kevin trató de olvidar esos pensamientos y de concentrarse en la mujer que tenía frente a sí. Lilah echó la cabeza atrás, sacudiendo su gloriosa melena. Kevin contempló la línea de su garganta, la delicada curva de su barbilla... El aire pareció faltarle entonces y tuvo que luchar por recuperar el aliento. No era una buena señal, se dijo a sí mismo. Sin embargo no sabía cómo evitar sentir aquellas sacudidas eléctricas.

Sobre todo cuando recordaba el beso.

Lilah se volvió hacia él y le dedicó una de sus sonrisas de efecto devastador. Y entonces Kevin comprendió que la deseaba más que al aire que respiraba. Todo su cuerpo temblaba con una necesidad que jamás antes había experimentado. Ni siquiera con Alanna.

Y eso le preocupaba.

—¿Qué hora es? —preguntó ella.

¿Por qué Lilah no llevaba reloj? Cristales y campanillas sí, ¿pero un reloj? No, de ningún modo.

—Las cien —contestó él mirando rápidamente el reloj de su muñeca.

—Las diez en punto —lo corrigió ella, comprobando el panfleto y levantando la vista con una enorme sonrisa que lo hizo arder. Luego lo tomó de la mano y tiró de él—. Bien, tenemos el tiempo justo de llegar a ver el espectáculo de los delfines.

Kevin la siguió obediente, tratando de apartar la vista de su trasero y de sus caderas ondulantes.

Delfines.

Y así transcurrió el día entero. Kevin y Lilah corrieron de un espectáculo a otro, parando solo para comer. Él jamás había visto a una mujer entusiasmarse tanto por las pequeñas cosas que veía. Adoraba el azúcar de algodón y el chocolate. Mojaba las patatas en salsa ranchera y pedía luego un refresco *light* y un helado. Reía a todas horas y le gastaba bromas, y él disfrutaba contemplándola.

A última hora de la tarde habían visto peces y mamíferos suficientes para toda una vida. Pero Lilah no mostró signo alguno de cansancio. Estaba tan fresca y entusiasta como al llegar. Con su resistencia, podría haber sido un marine de primera. Y no estaba dispuesta a marcharse hasta no ver un espectáculo al que se refería como «la bomba acuática».

Shamu.

Las gradas estaban vacías, pero a pesar de todo Lilah insistió en sentarse en los bancos, en primera fila, a pesar del aviso de que quizá sus ocupantes podrían mojarse.

El agua estaba increíblemente azul. Casi tan azul como los ojos de Lilah. Ella aplaudía, reía, y se entusiasmaba ante las hazañas de la ballena y de sus entrenadores, exclamando «ah», «oh». Kevin no dejaba de observarla. Todas las emociones se reflejaban claramente en su rostro. Cambiaban constantemente. Kevin pensó que podría pasarse la vida contemplándola.

Lilah le hacía hervir la sangre y lo ponía nervioso cuando discutían. Y sin embargo ahí estaba, más excitada que un niño. Lilah Forrest era una mujer con miles de facetas. Kevin tenía la sensación de que, aunque la tratara durante años, ella siempre guardaría una sorpresa.

Años, pensó, esperando el estremecimiento que por lo general acompañaba a ese tipo de pensamientos a largo plazo. Sin embargo no se produjo. Y solo ese hecho hubiera debido preocuparlo.

—Míralo —dijo ella en un susurro—. ¿No es alucinante?

Kevin obedeció reacio y apartó la vista de ella para observar el tanque de agua. La enorme ballena blanca y negra hizo un circuito completo, levantando olas que se rompían y salpicaban a su paso. El entrenador estaba en medio de la piscina, gritando instrucciones y dando palmadas en el agua.

El entusiasmo de Lilah era casi contagioso. Incluso Kevin quedó prendado del espectáculo. Pero, segundos después, comprendió lo que se les venía encima. Sabía lo que ocurriría en el instante en el que el enorme animal saltara del agua. En el extremo opuesto de la piscina, la ballena se alzó por encima de la superficie y luego volvió a caer, lanzando y salpicando agua sobre los bancos.

Antes de que pudiera agarrar a Lilah y correr, Shamu estaba encima de ellos. Una vez más, la ballena se alzó desde las profundidades, se detuvo un instante en el aire y chocó de nuevo contra la superficie del agua. Instantáneamente, una enorme ola se elevó sobre la pared de la piscina cayendo sobre Kevin y Lilah y empapándolos.

Balbuceando y parpadeando, Kevin se puso en pie y miró a la mujer que reía, aún sentada. Tenía el pelo absolutamente calado, y colgaba a los lados de su rostro igual que algas. No dejaba de reír, y el sonido que producía era tan cálido y puro que penetraba en él, derritiendo su hielo interior e iluminando su alma.

Entonces los ojos de Kevin se desviaron de su rostro hasta su pecho, y nada más hacerlo todo su cuerpo se puso alerta. La camisa blanca que llevaba se había vuelto totalmente transparente. Y el sujetador apenas ocultaba nada. Kevin vio todas y cada una de sus curvas. Sus pezones tensos chocaban contra la tela. Le costaba resistirse a alargar las manos y abrazarlos. La deseaba más de lo que había deseado nada en toda su vida.

De pronto la boca se le secó, y cuando levantó la vista comprendió por la expresión de los ojos de Lilah que ella lo sabía. Sabía en qué estaba pensando. Más aún, parecía estar pensando exactamente lo mismo.

—Estás todo mojado —comentó ella.

—Sí —contestó él con voz ronca—. Y tú.

Lilah bajó la vista brevemente hacia su blusa, se apartó el pelo de la cara y volvió a mirarlo.

—Y supongo que también sabes que tengo frío.

—Sí, bastante frío —admitió él, por mucho que el hecho de que ella estuviera helada lo excitara y calentara a él hasta grados insospechados.

Lilah se movió, y las hormonas de Kevin se pusieron en acción. La rodeó con un brazo por los hombros y la estrechó contra sí.

—Tú estás tan calado y tan helado como yo —dijo ella levantando la vista y cobijándose en él.

—Sí, estoy mojado —musitó Kevin—, pero ¿helado? No creo.

Kevin la guió hasta la salida. El sol se había puesto tras las nubes bajas que se cernían sobre el horizonte. Rayos rosas y violetas estallaban en los bordes de esas nubes, esparciéndose por el cielo y coloreándolo. La fría brisa marina se extendió, alcanzándolos. Lilah se apretó contra él y lo rodeó con un brazo por la cintura.

—Solo tardaremos un minuto en llegar al coche. Pondré la calefacción y nos calentaremos.

—Calor —repitió ella comenzando a castañetear los dientes—. Bien.

La mano de Kevin acariciaba su brazo, sujetándola fuertemente contra él. Lilah sintió que el hielo que corría por sus venas comenzaba a derretirse. Acarició su espalda con la mano fingiendo buscar calor pero, en realidad, disfrutando simplemente del contacto. Bajo el uniforme sus músculos eran tensos y duros. Lilah no deseaba otra cosa que meter las manos por debajo de su camisa y sentir aquella piel contra la suya.

El deseo, que había ido creciendo en ella durante días, surgió por fin claramente, ante la proximidad. Lilah cedió a él, disfrutando del anhelo que pulsaba en su interior. Aquel hombre tenía algo. Algo lo suficientemente fuerte como para obligarla a pensar en él durante los momentos más extraños del día, a soñar con él de noche y a preocuparse por sus sueños durante el día.

Una ola de emoción recorrió todo su cuerpo. Lilah se preguntó qué sería. Era algo más que pasión. Más que un simple deseo. Era algo que no había sentido jamás. Pero mejor que tratar de comprenderlo era, sencillamente, alimentarlo. Y eso decidió hacer.

Kevin se detuvo junto al coche y sacó las llaves. En el instante en que la soltó, Lilah volvió a sentir el frío apoderarse de ella.

Kevin abrió la puerta mirándola y diciendo:

—Sube. Deprisa, o te quedarás helada.

Lilah asintió y subió al coche. Él cerró la puerta, y mientras daba la vuelta para ponerse al volante Lilah comprendió que aquella era su oportunidad. Con ese hombre. En ese instante. Por fin perdería su título de «última virgen de California».

Kevin subió al coche y arrancó. Pulsó unos cuantos botones y enseguida comenzó a salir aire. Primero frío, luego templado, y por último muy caliente. Lilah se volvió hacia él y se lo encontró mirándola. Aquellos ojos verdes parecían atormentados, oscuros por un deseo que ella supo reconocer. Y que compartía con él.

Un músculo de su mandíbula se tensó y se aflojó después. Kevin tragó y dijo:

—Ponte el cinturón.

—Enseguida —contestó ella inclinándose hacia él.

Kevin desvió la vista desde sus ojos hasta sus labios, y luego de nuevo a sus ojos. Sacudió la cabeza y dijo:

—No empieces otra vez, Lilah. Los dos sabemos que es un error.

Él decía cosas que eran correctas, pero la sed modulaba su tono de voz y le hacía hervir la sangre a Lilah.

—Sí, pero aun así los dos lo deseamos —contestó ella inclinando la cabeza un poco más cerca.

Casi podía oír el corazón de Kevin latir.

Él alzó una mano, acarició su mejilla con las puntas de los dedos, y Lilah sintió que toda ella se estremecía. Entonces él abrió la mano y la agarró del cabello, tirando de su cabeza hacia él.

La boca de Kevin tomó la de ella arrebatándole el último aliento. El corazón de Lilah martilleaba dentro de su pecho; el estómago se le encogió. Cuando él la soltó, ella lo miró a los ojos y supo que era lo correcto.

Aunque fuera un error.

Capítulo siete

FUERA, el viento soplaba fuerte y frío. Los árboles de la carretera se retorcían y danzaban con las rachas de aire marino, inclinándose y perdiendo sus hojas, que caían como gotas de lluvia sobre los coches. Dentro del vehículo hacía calor, pero ese calor no tenía nada que ver con el aire tórrido de la calefacción.

Los latidos del corazón de Lilah se aceleraron hasta el punto de que seguir respirando era todo un ejercicio olímpico. Apretaba los puños en el regazo, miraba hacia delante y se repetía a sí misma que era una estúpida. No tenía sentido. Ella no era de las que se enamoraban de un marine. ¿Acaso no había quedado demostrado, con una sucesión de fracasos a sus pies?, ¿acaso no había huido de ese mundo?

Sí, era un error.

Y lo diría en voz alta, en cualquier momento.

O lo diría él.

Lilah miró de reojo a Kevin y sintió que su corazón se aceleraba aún más. Aquella mandíbula decidida, aquellos ojos verdes, la curva que dibujaban sus labios... Lilah se lamió los suyos pensando en otro beso y se preguntó cómo era posible que hubiera llegado a esa situación. ¿En qué momento había quedado prendada de aquel duro marine?, ¿se debía su encanto a la combinación de su naturaleza inflexible, unida a una sonrisa que lograba estremecerla y que prometía íntimos secretos y risas compartidas?, ¿o se debía más bien a su generoso corazón, a su amor por el orden y las reglas?

¿Qué tenía aquel hombre, en concreto, para lograr traspasar sus defensas y llegar hasta su corazón, intacto durante años? ¿Y qué iba a hacer, una vez traspasada esa barrera?

—Lilah...

Lilah se volvió para mirarlo y sintió un nudo en el estómago. La mirada de Kevin la rozó brevemente, pero enseguida volvió la vista hacia la carretera.

—¿Qué?

Kevin abrió la boca, pero luego volvió a cerrarla como si hubiera cambiado de opinión. Segundos después, sin embargo, preguntó:

—¿Aún tienes frío?

No era eso lo que él iba a decir. Lilah lo sabía. Lo intuía. Pero quizá él también tuviera sus dudas. Era natural.

—No —sacudió la cabeza Lilah—, ya no tengo frío.

Kevin asintió como si ella hubiera dicho algo muy profundo. Tras una larga pausa, añadió:

—Te llevo de vuelta a casa de tu padre.

La desilusión se apoderó de ella. Volver a casa de su padre significaba que no ocurriría nada entre ellos dos. Él había cedido a la duda. Había decidido que dejarse llevar por el fuego que ardía entre los dos era un terrible error. Pero eso a Lilah no la sorprendió. No obstante, el dolor que le causó esa decisión de Kevin sí la sorprendió.

—No es lo que quiero —añadió Kevin con voz tensa hasta límites insospechados, a punto de estallar. Lilah observó sus manos aferrarse al volante—. Quiero que lo sepas. Lo que deseo es llevarte a mi casa.

Su casa. Todo su cuerpo vibró interiormente con un deseo grave, profundo, que amenazó cortarle la respiración y atenazarle el corazón. Instantáneamente, las imágenes nublaron su mente. Kevin, con el torso desnudo, inclinándose sobre ella y recorriendo con sus manos todo su cuerpo. Casi podía sentir la suave caricia de sus rudas manos sobre la piel. Casi podía saborear sus besos. Casi podía oler la suave, masculina fragancia propia de él, como si la estrechara más y más cerca.

Su cuerpo parecía despertar a la vida y al deseo. A una vida que, sabía, quedaría insatisfecha. Conocía bien ese estado incompleto.

—Pero no puedo hacerlo —continuó Kevin, que no parecía más feliz que ella ante la perspectiva.

—¡Oh, claro, naturalmente que no puedes hacerlo! —exclamó Lilah, para la cual la insatisfacción de Kevin no ser vía de consuelo—. Sería como romper una norma, ¿verdad?

—¡Estás comprometida, maldita sea! —ah, sí, Ray, pensó Lilah. Debería haber imaginado que aquella mentira se volvería contra ella. No era por el hecho de que fuera la hija del coronel por lo que Kevin prefería mantenerla a distancia. Era por su supuesto novio, el que había inventado para defenderse de su padre—. Casi desearía que no lo estuvieras —añadió Kevin.

—¿En serio?

—¡Demonios, sí!

—¿Y si no lo estuviera? —preguntó Lilah.

—Si no lo estuvieras... —Kevin sacudió la cabeza—. No tiene sentido hacerse esa pregunta, ¿no crees?

—No, supongo que no —admitió Lilah apretando los dientes.

Decirle la verdad no la llevaría a ninguna parte. De enterarse Kevin en ese momento, pensaría que era una mentirosa o, peor aún, la llevaría a toda velocidad a casa de su padre. Lilah se echó a reír.

—¿Qué es lo que encuentras tan divertido?

—¿Estás de guasa? —preguntó Lilah reclinando la cabeza sobre el reposacabezas—. Aquí estamos, dos adultos hechos y derechos, más excitados que un adolescente, y en lugar de hacer algo al respecto huimos en busca de la salvación.

—Se supone que somos más inteligentes que un adolescente.

—Sí, claro, pero quizá lo importante ahora no sea ser inteligente.

No, al menos, considerando cómo se sentían. Lilah no quería ser lógica. Lo que quería o, más bien, lo que necesitaba, era sentir. Sentirlo todo. Y perder su virginidad de una vez por todas con un hombre que fuera capaz de hacer de la experiencia algo memorable.

Kevin giró el volante bruscamente hacia la izquierda, y ella lo miró.

—¿Qué estás haciendo? —preguntó Lilah volviendo la vista hacia la ventanilla, por la que se veía un barrio residencial con niños jugando en el césped y sus ventanas encendidas.

—Ser estúpido —musitó él.

—¿Y qué ha sido de eso de ser inteligente y llevarme a casa de mi padre?

—Sí, bueno —contestó Kevin repitiéndose que era un imbécil—, he cambiado de opinión. Primero iremos a mi apartamento. Tienes que secarte antes de que pilles una pulmonía.

Ni siquiera él mismo creía en sus palabras, pero tenía que decir algo. Estuviera Lilah comprometida o no. Fuera o no la hija del coronel. No estaba preparado mentalmente para llevarla de vuelta a casa. De modo que se torturaría a sí mismo otro poquito más, llevándola primero a su apartamento.

—Esa, probablemente, es una buena idea —aseguró Lilah con voz profunda, llegando hasta lo más hondo del alma de Kevin y excitándolo.

—No —negó él aferrándose al volante—, probablemente sea muy mala idea, pero no voy a llevarte mojada a tu casa, tampoco.

—Eso suena inteligente.

Lilah se recostó sobre el asiento manteniendo la vista fija en la ventana. Él giró en la calle en la que se situaba el dúplex de la señora Osborne, la mujer más cotilla del planeta, a la que Kevin había alquilado el apartamento de arriba. El acontecimiento le daría para hablar durante una semana. Kevin con una mujer calada hasta los huesos. Pero era inevitable.

—Yo esperaba una casita roja, blanca y azul —comentó Lilah—. O de color caqui, quizá.

—No es mía, yo solo estoy de alquiler. Y para mí es perfecto —añadió Kevin con sencillez, sin molestarse en explicarle que aquel lugar le permitía romper con la rutina de la base—. Vamos.

Le encantaba la vida militar, no podía imaginarse viviendo en ningún otro lugar, pero al mismo tiempo disfrutaba en su propia casa. Kevin salió del coche y dio la vuelta. Antes de llegar, ella abrió la puerta y salió también. Él se repitió que no debía bajar la vista hacia su blusa, aún mojada justo por las zonas más excitantes. De todos modos no pudo evitar mirar, y todo su cuerpo se tensó y excitó.

Kevin reprimió un gemido y apretó los dientes. Llevarla a su casa era como buscarse problemas. Lo sabía. Estar a solas con ella, precisamente en ese momento, no era una buena idea. Dependía de su autodominio, pero la amenaza se cernía sobre él, más devastadora a cada segundo que pasaba.

Una ráfaga de viento los azotó a ambos. Kevin se dijo en silencio que era un granuja desconsiderado. Ahí estaba él, pensando en llevársela a la cama, mientras Lilah se convertía en un iceberg dorado delante de sus mismas narices.

—Te estás helando —musitó él poniendo una mano en su espalda.

—No estoy tan mal.

—Sí, claro. ¿Y ese castañeteo de los dientes?, ¿es solo por montar el numerito?

—¿Nervioso? —preguntó ella sonriendo.

—Oh, sí —musitó él de nuevo, guiándola hasta la puerta de la casa—. Nada me gusta más que una mujer amoratada.

—Eres un hombre extraño y retorcido.

—Dímelo a mí.

—Me gusta —confesó Lilah.

Aquello lo conmovió. Lilah permaneció de pie, muy cerca de él, mientras Kevin sacaba la llave y abría. Nada más hacerlo, la hizo entrar y giró el termostato situado en la pared. Un motor comenzó a sonar; el calentador estaba encendido. Pero necesitaban más calor. Y cuanto antes.

—Quítate el suéter —ordenó él cruzando el vestíbulo hasta el diminuto salón.

Kevin se acercó a la chimenea, se arrodilló ante ella y, alcanzando unas cerillas, prendió fuego a los troncos que tenía preparados. En pocos minutos, los periódicos y la hojarasca se quemaron calentando los troncos junto a ellos. Satisfecho, Kevin se volvió hacia Lilah y la observó de pie, justo donde la había dejado.

—Si sigues con ese suéter mojado jamás entrarás en calor.

—Me encantaría complacerte, sobre todo porque sé que estás acostumbrado a que te obedezcan —contestó Lilah encogiéndose de hombros y riendo—, pero tengo las manos tan frías que no puedo.

Kevin juró entre dientes. Se puso en pie, se aproximó a ella y le quitó suavemente el suéter. Ella se estremeció y se cruzó de brazos con fuerza. Pero no bastaría con quitarse esa prenda, pensó Kevin.

—Bien —continuó él tomándola por los hombros y obligándola a darse la vuelta para empujarla hacia su dormitorio—. El baño está por allí. Entra y toma una ducha. Hay un albornoz colgando de la puerta. Puedes ponértelo mientras tu ropa se seca.

—Uh... —exclamó Lilah deteniéndose en seco, mirando alternativamente a la cama y a él. Estaba muy bien hecha, resultaba tentadora—. ¿Pretendes seducirme dando un rodeo? Si con eso de la ducha lo que quieres es que me desnude...

—No.

—¡Desertor!

Kevin volvió a empujarla suavemente hacia el baño, repitiéndose en silencio que lo más importante en ese momento era que se calentara.

—Tú ve a ducharte, ¿de acuerdo? Y cuando te hayas quitado la ropa pásamela, para que le meta en la secadora.

—Seductor.

—¡Fuera esa ropa!

—Creía que querías simplemente que me la quitara.

Kevin le lanzó una de sus miradas severas de instructor, pero Lilah no se inmutó.

—¿Tratas de volverme loco?

—No hace falta que lo intente, aparentemente —contestó ella sonriendo.

—Escucha, no estoy tratando de seducirte. Créeme, cuando lo intente, lo sabrás.

—Has dicho «cuando», no «si» —afirmó Lilah enarcando las cejas.

No, definitivamente no era un «si» condicional. Kevin sabía tan bien como ella cuál era su destino. A esas alturas, lo único que esperaba era poder posponerlo el mayor tiempo posible, rogando por recuperar el sentido común antes de que fuera demasiado tarde. Era una esperanza vana, pero se aferraría a ella.

—Métete de una vez en la ducha, ¿quieres?

Lilah rió y asintió, pero Kevin captó el nerviosismo de su voz. Y se sorprendió. Hubiera jurado que nada podía poner nerviosa a Lilah Forrest.

Kevin la observó dirigirse al baño y escuchó todos los ruidos que ella hacía al quitarse la ropa, por mucho que eso lo excitara aún más. Segundos más tarde ella asomó la cabeza por la puerta y le tendió la ropa mojada.

—Aquí tienes.

Kevin se acercó y tomó la ropa, tratando por todos los medios de no pensar en que solo una fina puerta lo separaba del cuerpo desnudo de Lilah. Apretó los puños y estrujó la ropa.

Y, justo entonces, el recuerdo del beso que habían compartido surgió en su mente con la fuerza de un rayo. Kevin recordó su sabor, su olor, sus suspiros, y todos esos recuerdos prendieron las llamas que lo corroían por dentro.

—Saldré en unos minutos —dijo ella.

—Tómate tu tiempo —contestó Kevin mirándola directamente a los ojos.

Por el bien de los dos, Kevin esperaba que Lilah permaneciera bajo el chorro de agua durante al menos una hora. Y ni siquiera eso sería suficiente.

Al salir del baño, Lilah se detuvo brevemente a contemplar la cama. Limpia. Ordenada. Como el resto de la casa. La colcha estaba perfectamente estirada, sin una arruga. Sí, Kevin era un marine hasta la médula. Su apartamento estaba impecable, listo para una inspección sorpresa.

Aunque lo cierto era que no debía de ser difícil mantener ordenada una casa en la que no había objetos personales. Sí, Kevin disponía de todo lo necesario, pero de ningún extra. Ni cuadros en las paredes, ni alfombras, ni cojines.

Vivía como si estuviera dispuesto a salir corriendo de allí en cualquier momento, para no volver jamás.

Y, para Lilah, aquello resultaba un poco triste.

Lilah apartó de su mente aquella idea. Apretó el cinturón del albornoz, demasiado grande, y se dirigió al salón. Allí, al menos, había unas cuantas fotografías enmarcadas sobre la repisa de la chimenea. Encima, colgada, una espada ceremonial con una pequeña placa metálica debajo.

Pero fue el hombre agachado frente a esa chimenea lo que más llamó la atención de Lilah. Kevin también se había cambiado de ropa. Llevaba unos vaqueros y una sudadera roja. Su aspecto era mucho menos imponente, y Lilah comprendió de inmediato que había estado en lo cierto, al imaginar que utilizaba el uniforme como barrera contra ella.

Kevin la oyó entrar y se levantó, girándose hacia ella. Lilah se retiró el pelo mojado de la cara y repuso, tontamente:

—Ya he terminado. La ducha es toda tuya, si quieres.

—No, estoy bien.

Sí, desde luego que lo estaba, pensó Lilah contemplando aquellas largas piernas de arriba abajo, sintiendo que se le agarrotaba el estómago.

—Bueno, el agua estaba estupenda. Gracias.

—De nada —contestó Kevin metiéndose las manos en los bolsillos traseros del pantalón, bien ajustados—. Tu ropa se está secando. No creo que tarde mucho.

—No hay prisa.

Estaba caliente, cómoda y completamente desnuda debajo del albornoz, pero no tenía ninguna prisa. Lilah se sentó en una esquina del sofá, acurrucándose con las piernas sobre el asiento. Luego levantó la vista, observó la dirección en que él miraba y dirigió los ojos hacia allí. El escote del albornoz se le había abierto, mostrando una vista tentadora de sus pechos. Lilah tragó y se lo cerró.

—Te he preparado un té —dijo él señalando la taza sobre la mesa, junto a ella.

—Gracias —contestó ella alcanzándola y dando un sorbo—. ¡Guau!, esto sí que es té.

—Le he echado ron. Para que entres en calor.

—Sí, servirá —aseguró Lilah sintiendo el líquido bajar por su garganta.

—Deberíamos hablar —sugirió Kevin.

Lilah levantó la vista. Conocía ese tono de voz. Y esa advertencia. Kevin estaba a punto de decir algo así como: «oye, me gustas mucho, pero lo mejor es que sigamos siendo amigos». Lo había oído tantas veces que podía repetirlo de memoria y ahorrarle la molestia. Lilah dio otro sorbo de té tratando de reunir coraje, dejó la taza sobre la mesa y contestó:

—Claro, ¿por qué no? ¿Qué te parece si empiezo yo por ti?

—¿Cómo?

Lilah se cruzó de brazos, inclinó la cabeza hacia un lado y, mirando al techo, comenzó:

—Lilah, eres una mujer alucinante, pero: a) yo no soy lo suficientemente bueno para ti, b) estoy saliendo con otra persona, c) me van a destinar a Groenlandia o, d) todas las anteriores juntas.

—¿De qué estás hablando?

—De la charla —explicó Lilah encogiéndose de hombros con indiferencia, como si no tuviera la menor importancia para ella—. Ya lo he oído. Sea lo que sea lo que vayas a decir, lo he oído antes. Créeme, sea cual sea la excusa que me vayas a dar, la conozco. Las conozco todas. Incluyendo esa de «es que eres tan rara» —de pronto Lilah fue incapaz de permanecer sentada. Saltó del sofá, se aproximó a escasos centímetros de él, lo señaló con el dedo en el pecho, y añadió—: Hace un momento hablabas de seducirme, y ahora quieres echar marcha atrás. Corriendo. Bueno, pues créeme, marine, he visto las chispas que saltaban de las botas de los tipos que huían de mí. No puedes sorprenderme.

Y entonces él lo hizo.

La agarró, la estrechó contra sí, posó los labios sobre los de ella y la besó hasta hacerla desfallecer. Kevin metió las manos por debajo de sus brazos y la levantó literalmente del suelo, para abrazarla contra su corazón.

Lilah no podía respirar.

Más aún, ni siquiera quería.

Capítulo ocho

KEVIN envolvió con los brazos a Lilah y la estrechó fuertemente. Sus buenas intenciones se evaporaron en cuanto sintió los pechos de ella apretados contra su torso. Abrió su boca con la lengua y la saboreó una primera vez, con la sangre hirviendo y el corazón acelerado.

Mucho mejor, pensó. Mejor de lo que recordaba. Besar a Lilah bastaba para alimentar y sostener a un hombre para el resto de su vida. Gimiendo, movió los brazos hasta acurrucarla muy cerca. La sujetaba fieramente, como si temiera que alguien pudiera entrar en la casa para exigirle que la soltara.

En aquel instante, con los labios contra los de ella, sintiendo el aliento de Lilah sobre su mejilla, Kevin sabía que no debía hacerlo. Pero aunque un batallón completo hubiera entrado por la puerta él habría sabido hacerle frente.

Tenía que tocarla. Tenía que poseerla.

Caminó hasta el sofá, se sentó en él y colocó a Lilah sobre su regazo. Los brazos de ella lo rodeaban por el cuello sujetándolo con fuerza. Ella daba todo lo que tenía, lo besaba y se abandonaba a él amenazando con arruinar su mundo. Pero a pesar de todo no era suficiente.

Kevin apartó los labios de ella para dibujar con sus besos la curva de su garganta. Al llegar al escote se detuvo para notar la vibración de los latidos de su corazón. Luego continuó en dirección a la V que formaba el albornoz. Lilah suspiró profundamente al deslizar él una mano bajo la prenda y abrazar uno de sus pechos.

—Kevin —susurró ella con voz tensa.

—Estoy aquí, cariño —aseguró él tomando entre los dedos su pezón para acariciarlo, rozarlo y estrujarlo hasta hacerla retorcerse sobre su regazo.

Lilah movió y hundió el trasero sobre él. Kevin estaba tremendamente excitado. Tanto, que creyó que reventaría. Finalmente él la sujetó para que se estuviera quieta, abrazándola por la cintura y las caderas. La deliciosa presión de su cuerpo, clavado sobre el de él, lo volvió loco mientras enterraba la cabeza en sus pechos y saboreaba uno de sus pezones. Nada más metérselo en la boca, ella gimió y se presionó contra él.

—Sí, Kevin —gritó Lilah tragando fuerte—. Oh, sí, sigue así.

Eso mismo pensaba hacer él. Pensaba saborear, lamer y succionar toda su carne hasta que ninguno de los dos pudiera volver a pensar con sensatez. Pero los mejores planes siempre son los que se vienen abajo.

La respuesta apasionada de Lilah lo excitaba terriblemente, lo impacientaba de tal modo que apenas podía esperar un segundo más.

Kevin alargó una mano acariciando todo su cuerpo, buscando la abertura de sus piernas con los dedos para abrir suavemente la delicada carne que encontró allí. Lilah levantó los pies y los puso sobre el sofá, clavando el trasero contra su mano. Él observó sus ojos brillantes, su boca abierta, su lengua lamerse el labio inferior.

Kevin deslizó un dedo en su interior y casi se deshizo de placer. Ella estaba tan caliente, tan húmeda, tan apretada. Sus piernas se abrieron, dándole acceso. Kevin miró para abajo, disfrutando de la vista de su mano sobre el cuerpo de Lilah. Ella se dejaba llevar, caía en sus manos como fruta madura. Kevin la penetró una y otra vez, acariciando, torturando, empujándola al borde de la locura y retirándose después, negándose a darle la satisfacción que ella perseguía.

—Kevin, por favor... ¡oh, Dios!... es tan...

—Vamos, cariño —dijo él deslizando un dedo una vez más en su interior, rozando una y otra vez aquel punto sensible y diminuto con la yema del otro—. Deja que suceda.

—No puedo... —dijo ella sacudiendo la cabeza de un lado a otro—. No puedo... ¡oh!

Kevin lo supo en el instante mismo en que ella sufrió una sacudida. Los músculos de su interior se tensaron alrededor de sus dedos y sintió cada pequeña convulsión que la embargaba. Lilah jadeaba como loca, se aferraba a sus hombros, le clavaba las uñas.

Una serie de emociones ricas, profundas y satisfactorias embargaron entonces a Kevin, que inmediatamente se dio cuenta de que satisfacerla a ella le causaba tanto placer como satisfacerse a sí mismo. Aquel descubrimiento lo dejó atónito. Jamás había sentido algo así antes. Jamás había disfrutado tanto llevando a una mujer al vibrante y ensordecedor clímax.

Pero con Lilah era diferente, eso ya se lo había figurado. Ella expresaba claramente, en su rostro, todas y cada una de sus emociones. No ocultaba nada. No había en ella nada de coquetería. Nada de falsa timidez. Nada de mentiras. Se mostraba desnuda ante él. Estaba solo ella y la fascinación que sabía ejercer sobre él.

Y justo cuando creía poder pasar toda su vida proporcionándole esa satisfacción, Lilah se derrumbó sobre él. Suavemente,

Kevin la acurrucó en su regazo y la tapó con el albornoz. Lilah se volvió hacia él y enterró el rostro en su pecho.

—Ha sido...

—¿Bueno? —preguntó él acariciando su pelo.

—Dios, tiene que haber otra palabra mejor que esa —Kevin sonrió y Lilah levantó el rostro hacia él. Sus ojos estaban coloreados por la pasión—. Te la diré cuando la encuentre.

—Sí, hazlo —contestó Kevin inclinándose sobre ella para besarla.

Kevin posó los labios sobre ella, y Lilah puso la palma de la mano sobre su pecho. Lo acarició, metiéndola por debajo de la sudadera, y él sintió el calor del contacto. Lilah acarició una y otra vez su pezón excitándolo, liberando el deseo y la necesidad que aún sentía de ella.

Kevin apartó la boca y la miró a los ojos. Sabía que jamás desearía a otra mujer más que a ella. Tenía que poseerla. Tenía que sentir su cuerpo dentro de ella.

—Hazme el amor —susurró Lilah levantando ambas manos para tomar su cabeza.

—Sí —contestó él.

Todas las dudas de Kevin se desvanecieron, ocultándose en un rincón oscuro de su mente. Ya habría tiempo para los reproches y para las recriminaciones. Por el momento, lo único que necesitaba era sentir la piel de Lilah contra la suya. Sentir su calor abrazándolo, tomándolo hasta el fondo, hasta las profundidades.

Y lo necesitaba más que respirar.

Entonces sonó el teléfono y Kevin tragó, musitó un juramento entre dientes y miró con desprecio el aparato sobre la mesa. Era mejor no contestar. Pero el deber era algo fuertemente arraigado en él, así que por fin descolgó el teléfono.

—¿Sí?

Lilah había metido las manos bajo su sudadera. Kevin sentía su contacto por toda la piel como pequeños calambres. Trató de concentrarse, a pesar de que solo deseaba arrojar el teléfono por la ventana y llevársela a la cama. Entonces Kevin reconoció la voz del otro lado de la línea. Y fue tan efectivo como un jarro de agua fría.

—Coronel Forrest, sí —contestó tenso, enderezándose en el sofá.

—Sargento Rogan, no quería molestarte, pero me preguntaba si Lilah estaría contigo en tu casa —Kevin empujó las piernas desnudas de Lilah fuera de su regazo, poniéndose en pie de inmediato y alejándose de ella cuanto pudo—. Tenemos una reserva para cenar en el club esta noche y...

La voz del coronel siguió resonando, pero Kevin apenas la escuchó. Tenía la vista fija en Lilah, la observaba ponerse en pie y cerrarse el albornoz, sonriendo. Cómo era posible que sonriera, eso era algo que él no comprendía. Para Kevin, era como si el mismo coronel en persona estuviera allí, en el salón. Como si pudiera verlos a los dos. Como si pudiera averiguar lo que había estado haciéndole a su hija. Y la idea resultaba aterradora.

—Sí, señor, está aquí —respondió Kevin buscando algo menos excitante que mirar—. Iba a llevarla a casa ahora mismo y...

—Bien, bien —lo interrumpió el coronel—, solo quería asegurarme. Entonces, nos vemos enseguida.

—Si, señor, coronel —confirmó Kevin colgando el teléfono y volviéndose hacia la mujer que lo observaba—. Era tu padre.

—Ya me he dado cuenta.

—Ha dicho algo sobre una reserva para cenar.

—¡Dios, sí! —exclamó Lilah volviendo la vista hacia el reloj, colgado junto a la puerta principal—. Vamos a llegar tarde.

—Sí, eso parece.

Lilah se volvió hacia él y sonrió lenta e indescifrablemente. Kevin la observó y pensó que aquella sonrisa era un conjuro secreto, capaz de poner de rodillas al hombre más inflexible, que enseñaban las madres a las hijas durante generaciones.

—Pero ha merecido la pena —añadió ella acercándose a él y alzando las manos hasta abrazarlo por el cuello.

Lilah se puso de puntillas y acercó los labios a los de él hasta que estuvieron a solo unos milímetros. Kevin creyó adivinar lo que iba a hacer. Y, según parecía, ella lo estaba disfrutando.

Kevin colocó las manos en su cintura, la levantó y volvió a dejarla en el suelo a mayor distancia.

—Tu ropa debe de estar seca —afirmó él, rogando por que fuera así.

Unos minutos más con Lilah desnuda, y era capaz de olvidarlo todo: la reserva en el restaurante, al coronel, y todo lo que hiciera falta, excepto a Lilah.

—¿Y ya está? —preguntó ella ladeando la cabeza y mirándolo.

—No, ya está no —contestó él pasándose una mano por la cabeza, tratando de evitar que le estallara.

—Pues eso me ha parecido a mí —señaló Lilah—. Has estado a punto de saludar como un soldado ante un simple teléfono.

—Era tu padre.

—Por teléfono —lo corrigió ella—. No en persona.

—Ni lo menciones.

—Eres increíble —añadió ella levantando las manos para dejarlas caer luego, expresando su decepción—. ¿Cómo lo haces?

—¿Hacer qué? —musitó él, deseando que Lilah se vistiera y desapareciera cuanto antes, para evitar aquella agonía.

—Excitarte y calmarte en cuestión de segundos.

—Créeme, estoy muy lejos de estar tranquilo. Si crees que me resulta fácil dejar de hacer lo que estábamos haciendo, estás muy equivocada.

—Entonces, ¿por qué paras?

—Porque en ninguna de mis fantasías sexuales se incluye la entrada de un coronel armado por esa puerta, dispuesto a matarme por acostarme con su hija —señaló Kevin marchándose en dirección a la cocina.

—¿Y qué clase de fantasías tienes, entonces?

—No importa —respondió Kevin vacilando, evitando volverse hacia ella.

—No, aquí ocurre algo más, aparte del hecho de que mi padre haya llamado por teléfono.

—No, esa es la única razón —gritó Kevin desde la cocina, abriendo la secadora.

—¿Estás seguro de que tu ex mujer no tiene nada que ver con esto?

—¿Qué?

Atónito ante la pregunta, Kevin se dio la vuelta olvidándose de la ropa, que seguía húmeda. Lilah agarró los cabos del cinturón del albornoz y jugó con ellos. Bajó la cabeza un segundo, volvió a levantarla y lo miró a los ojos, diciendo:

—Bueno, he oído decir que tu mujer y tú...

—Ya me figuro lo que habrás oído —respondió él amargamente.

—Yo no suelo hacer caso de los chismorreos.

—¿En serio? —preguntó él sarcástico.

—Simplemente me preguntaba si te has apartado de mí porque aún no has superado completamente el hecho de que tu mujer te abandonara.

—Alanna y yo terminamos hace mucho tiempo —explicó él con sencillez—. Esto no tiene nada que ver con ella.

—Muy bien, entonces —asintió Lilah tras una larga pausa en silencio, mirándolo.

Kevin se alegró de que Lilah olvidara el tema. Aparentemente. Se inclinó, sacó la ropa de la secadora y volvió al salón. Se la arrojó, guardando las distancias con ella, y añadió:

—Vístete.

Lilah abrazó la ropa contra su pecho, saludó a Kevin chocando ambos talones al estilo militar, y contestó.

—¡Señor, sí, señor!

Luego se echó a reír y salió de la habitación. Y ahí se quedó Kevin, con el cuerpo tenso y excitado, pidiendo auxilio, sin poder vislumbrar siquiera la salida del túnel.

Una semana más tarde, Lilah aún seguía haciéndose reproches.

Jamás hubiera debido mencionarle a su ex esposa. Seguía sin saber por qué lo había hecho, pero en aquel momento le pareció razonable. Aunque, volviendo la vista atrás, tenía que admitir que aquella tarde había estado un poco confusa.

Lilah se sentó en el comedor, en casa de su padre, con una taza de café en las manos. Por la ventana contempló la base militar ante ella y el cielo plomizo cubriéndolo todo, pero en realidad no vio nada. En lugar de eso vio un rostro de mandíbula férrea, unos ojos verdes, un ceño fruncido y unos labios testarudos y tensos, que solo se relajaban cuando los besaban.

Dio un sorbo de café y dejó que el líquido la calentara. Estaba helada. Kevin no había vuelto a llamarla. No había ido a buscarla. Y probablemente estuviera decidido a mantenerse a distancia, lejos de ella.

En parte, Lilah sabía que era lo mejor. Por

desgracia, pesaba más en ella la parte que no estaba dispuesta a tolerarlo. Había encontrado algo en Kevin Rogan; algo que no andaba buscando, algo a lo que hacía tiempo había renunciado, desesperanzada. Y sería una estúpida si le volviera la espalda. Lo menos que podía hacer era intentarlo, tratar de descubrir si había algo más esperándola. Esperándolos a los dos.

—Buenos días, cariño —la saludó su padre entrando en el comedor.

—Hola, papá —contestó Lilah sonriendo.

—Y bien, ¿qué vas a hacer hoy? —preguntó él tomando asiento frente a ella.

Lilah estaba considerando seriamente la idea de ir a cazar a Kevin Rogan. Igual que si fuera un perro. Pero no creía que a su padre le gustara oírlo, así que en lugar de ello, contestó:

—Creo que voy a ir a la escuela de la base, a echar un vistazo.

—Uhhuh —murmuró su padre dando un sorbo de café y revisando un montón de papeles sobre la mesa—. ¿Y el sargento de Artillería Rogan?, ¿va a llevarte él?

—No lo sé, no lo he visto hace días.

—¿Es que habéis discutido?, ¿tan pronto?

Sí, tan pronto. Naturalmente, su padre esperaba problemas. ¿Acaso no habían salido corriendo todos los marines que él había arrojado a sus pies? Pero en esa ocasión era diferente. En esa ocasión, el marine no salía huyendo porque no la soportara, sino exactamente por todo lo contrario.

—No —contestó Lilah dejando la taza sobre la mesa—. ¿Sorprendido?

—¿Y por qué iba a sorprenderme? —preguntó su padre levantando la vista—. Eres una mujer encantadora.

Sí, pero un poco rara, pensó Lilah en silencio, terminando la frase por él. Una vez más, Lilah deseó que su padre la quisiera por lo que era; deseó no sentir el peso de su desilusión, o tener el coraje suficiente para preguntarle qué tenía que hacer para que estuviera orgulloso de ella.

Pero no lo hizo. En lugar de ello se puso en pie, se acercó a él y lo besó en la frente, diciendo: —Gracias por el voto de confianza, papá. —Que pases un buen día, cariño —la despidió él, mientras Lilah abandonaba la habitación. Antes de salir, Lilah volvió la cabeza. Su padre volvía a estar inmerso en el trabajo.

Capítulo nueve

UNA semana, y no había conseguido sacarse a Lilah de la cabeza. Fuera un favor hacia el coronel o no, Kevin se había mantenido alejado de su hija, suponiendo que ambos necesitaban un período de descanso. Aunque lo cierto era que la cosa no había funcionado. Al menos, en su caso.

Que él supiera, Lilah Forrest no había vuelto a pensar en él ni un segundo. En realidad, no lo creía así. Después del modo en que se había entregado a sus brazos, Kevin sabía que Lilah recordaría aquellos instantes robados en su apartamento. Y estaría sedienta de más, igual que él. Y esa era, precisamente, la razón por la que se mantenía alejado de ella. Hasta ese momento.

Kevin la observó pasar desde el interior de la guardería. Con la barbilla levantada y el pelo revoloteando al viento, igual que la falda color zafiro, enseñando las piernas esbeltas. Un rayo de sol se reflejaba en sus pendientes de plata con forma de estrella y casi podía oír el tintineo de las campanillas de su pulsera.

¿Cómo podía haber ocurrido?, se preguntó. ¿Cómo podía haberse permitido a sí mismo sentirse atraído por aquella mujer? Lilah se había lanzado sobre él como en un ataque a medianoche. Había traspasado sus barreras, se había infiltrado en la fortaleza, había atravesado sus defensas personales y lo había asaltado. Con una simple sonrisa y un meneo de la cabeza. Kevin juró entre dientes.

Se suponía que él era inmune a ese tipo de cosas. Habría jurado que la dureza, la frialdad y el carácter calculador de Alanna habían desvanecido en él toda posibilidad de volver a sentir amor.

¿Amor?, se preguntó de pronto. Solo la palabra lo sobresaltó. ¿Amaba a Lilah?

No. La mera idea le resultaba tan desagradable que le era imposible siquiera considerarla. No volvería a repetir esa experiencia. Otra vez no. No volvería a ofrecérselo todo a una mujer, solo para observarla después arrojárselo a la cara. Jamás volvería a confiar en una mujer como había confiado en Alanna. Quizá hubiera aprendido la lección por las malas, pero la había aprendido bien. Sentía algo por Lilah, pero no era amor. Era deseo, puro y simple. La deseaba. No, la necesitaba. Y eso era todo.

Por primera vez desde que lo abandonara

Alanna, Kevin había conocido a una mujer que le interesaba. Una mujer que desafiaba su mente y, al mismo tiempo, torturaba su cuerpo. Podía disfrutar de la experiencia, se dijo a sí mismo, sin darle más importancia de la que tenía. Al fin y al cabo, eran dos adultos hechos y derechos.

Uno de los cuales era, precisamente, la hija comprometida de su superior, pero esa era otra historia.

Lo importante era que ambos sentían ese anhelo, que ambos necesitaban satisfacerlo, se dijo acercándose a la ventana para verla mejor. Y lo único que tenía que hacer era permitir que ese anhelo fuera satisfecho.

Permitir, reflexionó Kevin dirigiéndose a la puerta, que abrió saliendo afuera. Kevin echó a caminar tras ella recordando que cualquiera que fuera a «permitirle» algo a Lilah, iba directo a la guerra.

Lilah lo oyó aproximarse. Es decir, oyó fuertes pisadas tras ella. Podría haber sido cualquiera, pero la forma en que le hirvió la sangre era signo inequívoco de que se trataba de Kevin.

Era extraño que solo con su presencia pudiera hacerla estremecerse y todo su cuerpo bullera de necesidad. Instantáneamente, los recuerdos surgieron en su mente. Recordó la imagen de ella misma encima de él, desnuda.

Recordó vívidamente sus manos sobre ella, el calor de su boca en los pezones, la suavidad de sus dedos al penetrarla. La boca se le secó de pronto, un oscuro y vibrante vacío se instaló en su interior.

—¡Lilah!

Ella se detuvo y trató de reunir saliva para poder contestar. Por supuesto, nada más darse la vuelta y verlo, comenzó a babear. Problema resuelto.

—Hola, extraño —lo saludó Lilah congratulándose a sí misma en silencio por su maduro comportamiento.

Al fin y al cabo, solo deseaba arrojarse a sus brazos. Kevin la miró de reojo. Lilah deseó poder leer en su expresión como en un libro abierto. Pero como buen marine, Kevin mantenía ocultas sus emociones bajo la máscara de la profesionalidad.

—¿Dónde vas?

—Al colegio.

—Te acompaño.

Kevin había estado evitándola durante una semana, y de pronto aparecía, no se sabía de dónde, y se ofrecía a acompañarla. De no haberse sentido feliz de volver a verlo, Lilah lo hubiera mandado a paseo. Pero era demasiado guapo como para mandarlo a paseo. Lilah miró disimuladamente a su alrededor, en busca de ojos curiosos, y luego volvió la vista hacia él.

—¿Lo crees lo suficientemente seguro?

—¿El qué?

—Ya sabes —bromeó Lilah, comenzando a divertirse. Kevin tenía el sentido del humor tan escondido que sacarlo a flote suponía un verdadero esfuerzo. Pero merecía la pena—, estar a solas conmigo. Quizá te tire al suelo y me salga con la mía.

—Esa es buena —repuso Kevin mirándola por el rabillo del ojo.

—¿Es que no me crees capaz?

Kevin sacudió la cabeza, la tomó del codo y la hizo girarse hacia él, señalando en la dirección en la que ambos habían estado caminando.

—Te creo capaz de todo, pero estoy deseando arriesgarme.

—¡Vaya, y luego dicen que no quedan héroes! —Kevin soltó una carcajada. Lilah disfrutó solo con verlo—. Deberías hacerlo más a menudo.

—¿El qué?, ¿reír?

—Sí, te sienta muy bien.

Instantáneamente, la sonrisa de Kevin se desvaneció. Por su rostro cruzó repentinamente una expresión de deseo que Lilah no habría visto, de no haberlo estado observando atentamente. Y, de no haberse sentido tan afectada por esa mirada cargada de deseo, ella jamás habría respondido:

—Te he echado de menos.

—Pensé que sería más fácil si nos dábamos un margen —contestó él apretando su codo.

—Más fácil, ¿para quién?

—Maldita sea si lo sé.

Bien. De modo que no había sido fácil tampoco para él. Kevin también la había echado de menos. No era un gran consuelo, pero a esas alturas Lilah estaba dispuesta a aferrarse a lo que fuera. De algún modo, sin embargo, le reconfortaba pensar que él había estado tan destrozado como ella.

—Entonces, ¿me has echado de menos? —preguntó Lilah, esperando oír una confesión de él.

Kevin apretó los dientes y frunció el ceño de tal modo, que Lilah habría jurado que ni siquiera la veía.

—Sí —confirmó él al fin, casi gimiendo—, creo que sí.

—Pues no parece que te guste mucho la idea.

—No debería gustarnos a ninguno de los dos.

—¿Por qué no? —volvió a preguntar Lilah sacudiendo la mano y haciendo sonar las campanillas.

—Porque, para empezar, no tenemos nada

en común.

—Ah, pues yo creía que nos llevábamos bastante bien, últimamente.

—Sí, demasiado bien —contestó Kevin agarrándola con tal fuerza por el codo, que Lilah finalmente se quejó—. Lo siento.

—No pasa nada. Me doblo, no me rompo.

—Lo recordaré.

—Quizá no debiera preguntarlo pero... —comenzó a decir Lilah, incapaz de reprimirse—... ¿te has mantenido alejado de mí porque mencioné a tu ex mujer?

—No —negó él poniéndose más tenso de lo que Lilah lo hubiera visto nunca.

—Me cuesta creerte, a juzgar por tu forma de reaccionar.

Kevin suspiró, la miró y por último volvió la vista al frente, antes de decir:

—Escucha, no sé qué habrás oído decir, pero...

—No mucho.

—Me sorprende; era la comidilla de la base hace un año.

—Lo siento; sé muy bien qué se siente cuando rumorean de ti.

—Sí, supongo que sí —contestó Kevin mirándola de reojo con una media sonrisa—. La versión más abreviada es la siguiente: conocí a Alanna en Alemania, cuando estaba destinado a la embajada. Ella me sedujo, nos casamos, y en cuanto volvimos aquí, desapareció.

—¿Qué? —preguntó Lilah atónita, percibiendo claramente el dolor en sus palabras, lamentando haber sacado aquel tema de conversación.

—Ella quería entrar en los Estados Unidos, pero no podía. Así que se casó conmigo y, en cuanto llegamos, desapareció.

—Pero entonces está aquí ilegalmente.

—Sí, pero ese es problema suyo.

—Y ella es problema tuyo —señaló Lilah.

—¿Qué se supone que significa eso?

—Que su recuerdo aún te persigue.

—De ningún modo —negó Kevin.

—¡Pero si solo con hablar de ella te pones a gruñir!

—Yo no gruño.

Lilah se echó a reír. No pudo evitarlo. Kevin la miró malhumorado, pero luego sonrió, y dijo:

—Está bien, quizá gruña un poco.

—No importa, supongo que tienes derecho —comentó Lilah tomando las manos de Kevin entre las suyas—. Pero no deberías malgastar tu tiempo y tus energías con una mujer tan estúpida como ella.

—¿Estúpida?

—Ella te abandonó, ¿no? —preguntó

Lilah. Kevin sonrió. Sus ojos se llenaron de brillo, de placer—. Mira el lado bueno del asunto. Quizá la pesquen y la deporten.

—Me gusta tu forma de pensar —repuso Kevin con voz profunda.

—Gracias.

Habían entrado en el patio del colegio. Miles de niños jugaban. El nivel sonoro era tal, que Kevin pensó que si embotellaran todo aquel ruido y lo lanzaran contra el enemigo, los marines jamás tendría que luchar. Todos sus enemigos se rendirían.

Para Lilah, en cambio, aquella cacofonía no resultaba desagradable. Sonreía y los miraba, les tiraba la pelota y se abría paso entre ellos hasta la puerta principal del colegio.

—Si quieres, puedes esperarme aquí fuera —advirtió Lilah, por encima del hombro.

—¿Estás loca? Seguro que dentro hay mucha más paz.

—Está bien, ven conmigo —accedió Lilah, tras considerarlo unos minutos.

Una vez dentro, Kevin siguió a Lilah. No pudo evitar contemplar la forma en que ella movía las caderas, o la forma en que sus cabellos revoloteaban con cada sacudida. Lilah entró en el despacho de la directora, y Kevin se quedó junto a la puerta, que permaneció abierta, contemplando el pasillo. De no haberlo engañado Alanna, podría haber tenido un hijo en ese colegio. A pesar de todo, y gracias a Lilah, mucha de la amargura cobijada en su interior a raíz de la traición de su ex mujer se había desvanecido. Kevin respiró hondo y disfrutó de la libertad que corría nuevamente por sus venas.

Conocer a Lilah había supuesto muchos cambios en su vida; cambios que él no se esperaba. ¿Quién habría podido sospechar que hacerle un favor a su coronel iba a surtir tal efecto? Kevin sacudió la cabeza y la asomó por la puerta del despacho, justo a tiempo para oír a la directora decir:

—Señorita Forrest, es increíble.

—No es para tanto —aseguró Lilah—. Sinceramente, me alegro mucho de haberlo hecho.

—Sí es para tanto —continuó la directora—. Cuando esta mañana llamaron de Computer Planet para decirme que pensaban donarnos tres de sus ordenadores del último modelo, bueno... —la mujer levantó las mano, incapaz de terminar la frase.

—Créame, señora Murray, para ellos también es un buen trato. Evitan pérdidas, y hacen sitio para los nuevos modelos.

—Aún no comprendo cómo lo ha conseguido, pero se lo agradezco mucho. Significa mucho para el colegio.

Kevin se sintió orgulloso. Lilah Forrest era

toda una mujer. No dejaba de sorprenderlo, y esa habilidad suya tan especial lo intrigaba. Por lo general, un solo vistazo le bastaba para calibrar a las personas, pero Lilah... no era simplemente la mujer rara que aparentaba.

Ni siquiera quería aceptar las alabanzas y el mérito de sus propios actos. Primero los abrigos, y después los ordenadores. Y lo consideraba una nimiedad. Sin embargo, ¿cuánta de la gente que conocía habría estado dispuesta a ocuparse de los demás? No mucha. Lilah era única, comprendió Kevin. La señora Murray lo vio en la puerta y sonrió, volviendo luego la vista hacia Lilah.

—Alguien la espera, así que no quiero retenerla, pero sí quiero darle las gracias otra vez.

—Que disfruten de los ordenadores —se despidió Lilah mirando a Kevin ruborizada.

Lilah salió de la oficina y Kevin la siguió. Caminaba tensa, sin hacer ruido. Pero Kevin la conocía, y sabía que aquel silencio no duraría. De súbito, Lilah se detuvo y se dio la vuelta. Kevin estaba tan cerca que casi chocaron. Lilah dio un paso atrás, colocó los brazos en jarras y lo miró.

—No digas ni una palabra, Kevin.

—¿Ni siquiera para alabarte?

—Especialmente si es para alabarme —contestó Lilah haciendo una pausa para respirar hondo—. No me he ocupado de este asunto para que todos me lo agradezcan.

—Lo sé, pero entonces, ¿por qué lo has hecho? —Lilah se encogió de hombros, tratando de evadir la cuestión, pero Kevin no iba a permitírselo—. ¿Por qué, Lilah?

—Porque podía —contestó ella tras soltar el aire de sus pulmones y cruzarse de brazos—. Porque el colegio necesitaba esos ordenadores.

—Así que saliste a la calle y los conseguiste, ¿no es eso?

—Para mí es sencillo —respondió Lilah medio disculpándose—, me gusta hablar.

—Dios sabe que eso es cierto.

—Y casi todo el mundo está dispuesto a ayudar, solo que no saben cómo. Ese es mi trabajo. Soy directora de una organización que se dedica a reunir fondos y organizar donaciones, y bueno...

Kevin estaba seguro de que Lilah era perfecta para esa organización. Sabía llegar a las personas, y sacar de ellos lo mejor. Era capaz incluso de obtener donaciones de empresas cuya política estaba en contra de la caridad.

—Así que tú los convences de que en el fondo quieren hacer una donación, ¿verdad?

—Algo así —respondió Lilah llevándose la mano al colgante de cristal del cuello.

—¿Y ese es tu trabajo?

—¿Hay algo de malo en ello?

—No, simplemente... no es muy habitual. Abrigos, ordenadores... ¿alguna otra cosa en mente?

—Pavos para el día de Acción de Gracias, juguetes para los niños, sangre —repuso Lilah encogiéndose de hombros—. ¿Necesitas algo?

Kevin la agarró y la atrajo hacia sí para mirarla de frente. Contempló cada uno de sus rasgos. Finalmente, volviendo la vista hacia sus ojos y sorprendiéndose a sí mismo, se escuchó decir:

—A ti, Lilah. Estoy empezando a creer que quizá te necesite a ti.

—¡Guau! —exclamó ella en un susurro—. Creo que este es otro de esos momentos memorables.

Capítulo diez

ALGO había cambiado. Algo indefinible.

Kevin casi podía palpar sus propias palabras, vibrando en el aire. Demasiado tarde como para retirarlas, aunque hubiera querido. De todos modos, ni siquiera estaba seguro de querer hacerlo. Hacía mucho tiempo que no se sentía tan... vivo. Una simple mirada a Lilah Forrest, y sentía que todo él se consumía en llamas.

Su forma de moverse y de pensar lo intrigaba. Sus caricias, su risa, lo excitaban más de lo que lo hubiera excitado nadie nunca. Estar junto a ella sin poder abrazarla, sin poder tocarla, sin poder saborearla, era una dulce tortura que mantenía su cuerpo alerta y le hacía hervir la sangre. Y no sabía qué hacer.

Lilah respiró hondo y soltó el aire lentamente, antes de decir:

—¿Quieres venir a cenar a casa esta noche?

Cenar. Con ella y con su padre. Inmediatamente, Kevin se imaginó a sí mismo sentado frente al coronel Forrest, tratando de ocultar el deseo que sentía por su hija. No era precisamente su idea de diversión. De todos modos, tampoco podía aceptar la invitación.

—No puedo; esta noche tengo que ir a cenar a casa de mi hermana —contestó Kevin observando la desilusión en el rostro de Lilah. Antes de que pudiera darse cuenta, añadió—: ¿Por qué no vienes tú conmigo?

Lilah abrió inmensamente los ojos, sorprendida. Era agradable que fuera él quien la sorprendiera, para variar.

—Me gustaría mucho.

—Bien, iré a recogerte a las seis.

Horas más tarde, las palabras de Kevin seguían resonando en la mente de Lilah. Cada vez que recordaba la expresión de sus ojos, o la fuerza y la suavidad con que la agarraba, el corazón se le aceleraba. Kevin la necesitaba. ¿Pero la amaba? Bueno, la había llevado a cenar a casa de su hermana, ¿no? Eso tenía que significar algo.

Los Rogan, al completo, resultaban un tanto imponentes. Incluso Kelly, la única chica de la familia, mantenía con vehemencia sus puntos de vista. Kevin y sus hermanos se turnaban cuidando de la hija de Kelly, y todos babeaban en cuanto la niña se acurrucaba en sus rodillas. Todos ayudaron a recoger y fregar los platos, chocando en la diminuta cocina. El ambiente estaba cargado de risas. Lilah se sentía como en casa.

Envidiaba el amor que sentían unos hermanos por otros, y se preguntaba si apreciaban correctamente ese lazo fraternal. Como hija única, Lilah siempre había deseado tener hermanos.

Por fin veía cuánto había perdido en su solitaria infancia.

Ver a Kevin en su elemento contribuyó a aumentar su admiración por él. Con su familia se transformaba en el hombre dulce del que ella solo había vislumbrado ligeros atisbos. Se mostraba abierto, accesible, y todos los demás lo querían.

Lilah comprendió entonces que ella también quería ser importante para él, y darse cuenta de ello no le causó sino dolor. Quería formar parte de su familia. Pero en menos de dos semanas abandonaría la base. Volvería a su casa, a su apartamento. A su trabajo. A la soledad.

Lilah contempló a Kevin. Un simple vistazo y la sangre le hervía. Él reía por algo que había dicho uno de sus hermanos, y arrullaba a su sobrina. Lilah contuvo el aliento. Aquello la derritió. Lo deseaba tanto que no pudo evitar ponerse en pie, nerviosa.

—Conozco esa mirada —comentó Kelly, sentada junto a ella.

—¿Cómo? —sobresaltada y violenta, Lilah se volvió hacia ella—. ¿Qué mirada?

—La que pones, cada vez que miras a Kevin.

—No, yo...

—Yo ponía la misma cara cada vez que Jeff venía a casa —sacudió la cabeza Kelly, sin darle opción.

—No sabía que resultara tan evidente.

—Tranquila, no lo es —sonrió Kelly—. Dudo que ninguno de los chicos se haya dado cuenta. Incluyendo a Kevin.

—Júralo.

—Eh, no me malinterpretes —añadió Kelly alargando un brazo para darle a Lilah palmaditas reconfortantes—. Creo que algo se está cociendo; es la primera vez que mi hermano mayor trae a una mujer a casa desde...

—Desde Alanna —terminó la frase Lilah por ella—. Me lo ha contado.

—¿En serio? —sonrió Kelly aprobadora—. El cerco se estrecha.

—Ella le hizo mucho daño.

—Sí, lo pasó mal, pero lo superó. Y no puedes imaginarte lo feliz que soy de que esté saliendo contigo.

¿Saliendo?, se preguntó Lilah. No podía

decirse que se tratara de citas románticas, pero a pesar de todo no corrigió las palabras de Kelly.

Kevin era mucho más de lo que había imaginado, nada más verlo. No era simplemente un marine. Era una persona paciente, cariñosa y protectora con su familia. Leal y amable, a pesar de la habitual expresión de dureza de su rostro. En el fondo era blando, y eso era lo que contaba.

Pero, aparte de eso, era un marine. Responsable, bien organizado, disciplinado. Tan ordenado como ella caótica. Lilah no pudo evitar preguntarse si, algún día, llegaría Kevin a mostrarse tan impaciente con sus extravagancias como su padre.

—¿Contando mentiras acerca de mí? —preguntó Kevin acercándose a ellas dos.

—¡Ya! —exclamó Kelly tomando a su hija de brazos de Kevin—. No es necesario mentir; la verdad es lo suficientemente dura.

—Sí, pero interesante —comentó Lilah.

—Bien —repuso Kevin nervioso, mirándolas a las dos para fijar la vista al fin sobre Lilah. Luego, alargando una mano para que se levantara, añadió—: Creo que te llevaré a casa antes de que Kelly suelte nada más.

—¡Pero si por fin estábamos llegando a lo más interesante! —exclamó Lilah poniéndose en pie, sin soltar la mano de Kevin.

—Ehhh... otro día —repuso Kevin.

—Sí, otro día —dijo Kelly abrazando a Lilah.

Lilah se despidió de todos, acariciando las palabras «otro día» en su mente como si se tratara de una promesa. Por el momento, con eso le bastaba. Kevin la guió al coche y abrió la puerta, pero antes de que ella pudiera entrar puso una mano en su brazo para detenerla.

—¿Es que me vas a hacer andar? —preguntó ella levantando la vista.

La luz de la luna incidía en su piel haciendo que pareciera de porcelana. Sus largos cabellos se revolvían al viento, y sus ojos azules estaban fijos en él. Kevin notó inmediatamente el efecto de su mirada, a pesar de la escasa luz. Soñaba con esos ojos todas las noches. Y durante el día, llevaba con él su imagen.

A partir de aquella noche, llevaría consigo también otras imágenes de ella con su familia. Riendo, discutiendo, abrazando a Emily mientras la niña dormía. Recordaría las sonrisas aprobadoras de sus hermanos y la forma en que Kelly y ella habían trabado amistad. Y, desde esa misma noche, cada vez que estuviera con su familia sin Lilah, la echaría de menos. Notaría su ausencia y desearía que estuviera allí.

Tantas cosas habían cambiado en su vida durante las dos últimas semanas, que apenas era capaz de reconocerla. Pero sí sabía reconocer su necesidad interior, su deseo de ella. Se había convertido en algo vivo, algo que lo consumía. Y la única forma de vencerlo era rendirse a él.

—No quiero llevarte a tu casa —dijo Kevin tenso, con dificultad.

Lilah se lamió los labios y él siguió el movimiento con la mirada. Su cuerpo se tensó aún más.

—Yo tampoco quiero ir a casa. Aún no —contestó ella.

—Aún no —convino él alargando un brazo para atraerla hacia sí uniendo ambos cuerpos.

Lilah echó la cabeza atrás y él se inclinó hacia abajo, tomando su boca con un beso capaz de arrastrarlos a los dos por la cresta en la que llevaban una semana bailando. Ella gimió en su boca, y él trago su aliento. Kevin la saboreó, lamió su boca con la lengua acariciándola con delicados y largos lametones. Pero no era suficiente. Necesitaba más. Quería más. Quería tocarla, abrazarla, explorar cada centímetro de su cuerpo con las manos. Y cuando terminara, quería volver a comenzar.

Lilah se inclinó sobre él confiando en su

solidez y fortaleza. La brisa de la noche los sacudió con sus dedos húmedos, pero el calor que compartían no disminuyó. Lilah lo besó, enredó su lengua con la de él, disfrutó de la ola de deseo que la embargó, de los latidos de su corazón acelerado. No quería pensar en el mañana.

Lo único que quería era estar debajo de él. Sentir su cuerpo unido al de ella. Conocer lo que el resto de mujeres de su misma edad habían descubierto hacía tiempo: la magia de convertirse en un solo ser con el hombre al que amaba.

Nada más surgir esa idea en su mente, Lilah se aferró a ella. Era cierto, pensó. El amor había surgido allí donde menos lo esperaba. Un marine, precisamente, le había robado el corazón. Y quería ofrecerle su cuerpo a cambio.

Kevin apartó los labios de ella y luchó por respirar como si se estuviera ahogando. Su mirada recorrió cada uno de sus rasgos, para fijarse por último en los ojos. Luego, con voz ronca, preguntó:

—¿A mi casa?

—Y deprisa —asintió Lilah tragando.

Pero no fue lo suficientemente deprisa. Parecía que el destino los persiguiera, porque pillaron todos los semáforos en rojo hasta llegar al apartamento. Lilah tenía los nervios de punta, se revolvía en el asiento en un inútil intento por desvanecer el vacío que corroía su interior.

—No puedo creerlo —musitó él con voz espesa, al detenerse una vez más en un semáforo.

Kevin se aferró con una mano al volante, y alargó la otra hasta Lilah. Ella tomó su mano y la sujetó, entrelazando los dedos.

—¿Crees que alguien trata de decirnos algo? —preguntó ella.

—Si es así, no pienso escuchar —alegó él.

—Me alegra saberlo —sonrió ella.

—No sé qué me has hecho, Lilah. No lo comprendo —repuso Kevin tomándola de la barbilla—. No esperaba que me ocurriera algo así, y no sé qué hacer.

—Lo sé, yo siento lo mismo —contestó ella tragando.

Kevin apretó los dientes y dejó caer la mano sobre el regazo de Lilah. Ella gimió, cerró los ojos y se concentró en aquella caricia. Su mano era fuerte y cálida, a través de la tela de la falda. Sus dedos le acariciaban el muslo. Lilah reclinó la cabeza en el reposacabezas y trató de permanecer quieta.

—Por fin —susurró él.

Lilah abrió los ojos. El semáforo se había puesto verde. Inmediatamente el coche arrancó. Kevin giró el volante con una mano, mientras con la otra comenzaba la seducción que ambos habían estado esperando.

Los dedos de Kevin agarraron el borde de su falda. Lilah sintió que se levantaba por las pantorrillas, por las rodillas, por los muslos. Y cuando él acarició la piel desnuda, casi se desmayó en el asiento. El más leve roce, la más suave de las caricias la hacía estremecerse causando fuegos artificiales en su interior.

—¿Cuánto falta?

—Un par de manzanas.

—Demasiado.

—Sí.

La mano de Kevin subió por el muslo y ella sintió que le proporcionaba todo el calor de su cuerpo. Kevin siguió deslizándola hasta el mismo centro de su ser. Lilah lo llamó con el corazón, y él presionó la mano contra ella. Luchó contra las convulsiones, levantó las caderas, se meneó contra su mano creando una deliciosa fricción que alcanzó todo su cuerpo.

—Enseguida, cariño —repuso él con voz ronca.

—Sí, enseguida —dijo ella aferrándose a esa palabra como a un salvavidas.

La mente de Lilah comenzó a desvariar, el corazón le latía frenético. Entonces él introdujo los dedos por el elástico de su ropa interior. Lilah jadeó y abrió las piernas para él. Quería volver a sentirlo. Quería experimentar la salvaje convulsión de sentirse completa, igual que la otra vez.

Los coches pasaban junto a ellos. Las luces de las farolas se hicieron borrosas. La noche se cernía sobre ellos. El coche de Kevin era como un refugio, un lugar retirado e íntimo en el que solo ellos dos importaban. Solo la siguiente caricia importaba. El siguiente beso. La siguiente promesa.

Lilah sintió que estaba al límite. Igual que la última vez, el clímax no tardaría en llegar. Lilah se aferró al asiento y se preparó para el estallido. Pero entonces Kevin apartó la mano y musitó un juramento, y antes de que ella pudiera gemir y protestar, él anunció:

—Ya hemos llegado.

—¿Y qué hacemos aquí en el coche? —preguntó ella saltando del asiento y abriendo la puerta.

—Exacto.

Kevin salió del coche y dio la vuelta antes de que ella se hubiera bajado la falda siquiera. Le tendió la mano, la ayudó a salir y cerró, caminando hasta el porche con ella de la mano. Lilah sintió que le fallaba la respiración. El corazón martilleaba su pecho. Sentía las piernas flojas, las llamas la consumían.

Jamás se había sentido tan maravillosamente.

Kevin abrió la puerta en cuestión de segundos, pero aún así no fue lo suficientemente rápido. La arrastró dentro, cerró y la atrajo hacia sí, reclamando un beso con pasión. Sus manos estaban por todas partes. Lilah se sintió rodeada, envuelta en su fuerza y en su calor. El deseo se apoderó de ella, arrastrándola cada vez más hondo.

—Tengo que sentirme dentro de ti, Lilah —susurró él con voz acariciadora.

—Oh, sí —contestó ella apartando la boca, inclinando la cabeza a un lado para invitarlo a besarle el cuello.

Los labios de Kevin rastrearon su piel torturándola, explorándola, llevándola hasta los límites de la locura. Pero a pesar de ello Lilah no quería parar. Jamás había deseado que él parara.

—Ven conmigo —murmuró él, cerca de su oído.

Lilah asintió y lo siguió vacilante hasta el dormitorio. Ni siquiera vio la habitación. No podía ver nada más allá de sus ojos, que la devoraban.

Las manos se movieron frenéticas. En un segundo, ambos estuvieron desnudos, carne contra carne, músculo contra suavidad. Los pechos de Lilah anhelaban el contacto de él. Cuando Kevin la levantó, rozándolos suavemente contra su torso, Lilah gimió.

Kevin la dejó sobre la cama y la cubrió con su cuerpo. El de Lilah bullía por él. Sus piernas se abrieron, y Kevin se colocó entre ellas para penetrarla. Lilah contuvo el aliento. Por fin, pensó. Dejaría atrás su título de virgen, y sabría lo que era sentirse completa. Tenía que darle las gracias a Dios, por haber sabido esperar. Aquel instante, con aquel hombre, sería lo especial que siempre había soñado que fuera.

—Te necesito, Lilah —dijo él apretando los dientes.

—Sí, Kevin, ahora —susurró ella con voz rota, mirándolo a los ojos, esperando que él viera en los suyos también el deseo—. ¡Por el amor de Dios, ahora!

—Sí —aseguró Kevin penetrándola al fin.

Instantáneamente, Kevin sintió como si se hundiera en su calor. Ella lo llenaba, desvanecía los huecos oscuros de su alma, iluminaba cada rincón de su corazón y de su ser. Se sentía invencible y humilde al mismo tiempo. En brazos de Lilah estaba todo su mundo, todo el mundo. Un mundo que jamás había esperado volver a encontrar y que, una vez conseguido, no iba a dejar escapar.

Kevin apretó las caderas contra ella, disfrutó de la dulce tortura de su cuerpo abrazándolo. La miró a los ojos y vio en ellos el pasado, el presente y el futuro. Y se preguntó si estarían siempre allí, y por qué no lo habría visto antes. Quizá por miedo.

Entonces ella alzó los brazos y lo rodeó por el cuello atrayendo su cabeza hacia sí, ofreciéndole su boca. Lilah le daba todo lo que tenía.

Lilah sintió la primera convulsión de su alma, y fue mucho más fuerte que la primera vez. Comenzó a crecer lenta, maravillosamente, arrastrándola hasta la cima y deteniéndose para aguzar su deseo. Tenía que trabajar para conseguirlo. Trabajar moviendo su cuerpo con el de él, buscando el ritmo y manteniéndolo. Lilah disfrutó sintiendo su cuerpo dentro de ella, y se repitió en silencio que aquello debía recordarlo. Debía recordar cada caricia y cada beso. Pero estaba segura de que no lo olvidaría. Aquella noche quedaría grabada en su mente para toda la vida. Aún cuando cumpliera cien años, recordaría lo que había sentido con el cuerpo de Kevin en su interior.

Entonces las sensaciones se hicieron demasiado fuertes, y Lilah dejó de pensar. Una serie de estallidos de luz comenzaron a invadir su interior. Lilah se aferró a él y recorrió aquella cresta desconocida hasta el momento para ella.

Kevin la lanzó por ella, y cuando por fin las convulsiones cesaron y sus ojos se tornaron vidriosos, él cedió a su propio deseo y encontró la satisfacción plena con la mujer que jamás podría tener.

Capítulo once

CUANDO las brumas de su mente se despejaron, Lilah dijo lo primero que se le vino a la cabeza:

—¡Guau!, ha sido mucho mejor de lo que esperaba.

—Eso mismo estaba pensando yo —contestó Kevin rodando por la cama y llevándosela con él, para ponerla encima y besarla—, pero esto solo ha sido el principio.

—¿Es que hay más?

—¡Oh, sí!

Instantáneamente la sangre se le calentó. Lilah estaba más que dispuesta a recorrer otra vez aquellas altas cimas. Una vez perdida la virginidad, era fácil dejarse llevar.

—Bien, pues no te quedes ahí, marine. Hay mucho que hacer.

—Señora, sí, señora —contestó él sonriendo y haciéndola girar para tumbarla de espaldas.

Un suspiro escapó de sus labios con aquel repentino movimiento. Inmediatamente Lilah se quedó sin aliento. Kevin inclinó la cabeza hasta sus pechos. Tomó primero uno con la boca, y después el otro. El estómago se le encogió. Una y otra vez, la boca de Kevin succionaba sus pezones. Sus labios, su lengua la torturaban produciéndole vértigo. Entonces él bajó la mano izquierda a lo largo de su cuerpo, acariciando toda su piel. Lilah jadeó al sentir que la saboreaba; gimió y se arqueó contra él.

—¡Oh, Dios! —suspiró ella.

Lilah sujetó la cabeza de Kevin contra sus pechos y se convulsionó bajo él, cediendo a las increíbles emociones que sabía suscitarle. Veía luces de colores y sentía que todo el mundo estallaba a su alrededor. Demasiadas sensaciones, demasiado placer. Lilah luchó por respirar, pero no le importó quedarse sin aliento. Lo único que necesitaba, lo único que quería era que Kevin siguiera besándola.

La luz de la luna entraba en la habitación creando un velo de plata a su alrededor. El mundo estaba en silencio, excepto por la respiración agitada de ellos dos. Como si solo a ellos les perteneciera. Y a aquella escasa luz, Lilah casi lo creyó. Solo existía Kevin, sobre ella. Solo esa noche, solo aquel lugar. Aquella extrañeza.

La mano de Kevin bajó, cruzó su abdomen hacia el triángulo de vello dorado, hasta sus secretos, más allá. Al primer contacto, ella creyó disolverse. El amor surgió en su interior, embargándola con su dulce e inesperada belleza. Lilah se aferró a él esperando poder retenerlo para siempre. No sabía cuándo había ocurrido, pero tampoco le importó. Solo sabía que lo amaba.

En esa ocasión, Kevin se tomó su tiempo. Disfrutó saboreándola, sintiéndola bajo él. Kevin sentía como si llevara toda la vida esperando aquel momento, y no estaba dispuesto a malgastarlo. La primera unión había sido frenética, apasionada. Aquella sería tierna.

Kevin la sintió temblar y supo que el cuerpo de Lilah estaba tan preparado como el suyo. Levantó la cabeza y la miró, observando sus ojos azules nublados por la pasión. Algo muy dentro de él se tensó, se retorció, hiriéndolo en el corazón y en el alma.

Ella era mucho más de lo que había creído. Era salvaje, abierta y hermosa. El corazón le martilleaba en el pecho. Entonces Kevin supo, por primera vez y a pesar de su reserva, que la amaba.

—¡Por favor, Kevin! —suplicó ella levantando las caderas—. ¡Por favor! —continuó lamiéndose los labios, tomando el rostro de Kevin con las manos y susurrando—: Entra en mí, vuelve a completarme.

Kevin sintió que el corazón se le retorcía

en un puño; no podía hablar. No podía pronunciar palabra. Por eso asintió, se colocó entre sus piernas y cubrió su cuerpo para penetrarla una vez más.

Y lo hizo suspirando. Largamente. Era allí donde pertenecía. Con ella. En ella. Como una parte de ella. Para siempre. Aquello era lo más correcto. Kevin dio las gracias en silencio al destino, que había sabido guiarlo hasta allí. No había pasado, ni futuro. Solo el presente. Solo Lilah.

Los brazos y las piernas de Lilah lo envolvieron en su calor. Él la estrechaba fuertemente, observaba sus ojos, penetraba su alma. Y al sentir las primeras convulsiones en el cuerpo de Lilah, cedió él también a lo inevitable. La abrazó, y juntos tomaron el rumbo hacia el olvido.

Lilah gritó su nombre. Kevin se aferró a aquella voz como si el mundo hubiera desaparecido a su alrededor.

Cuando la habitación dejó de girar y girar, Lilah abrió los ojos mirando al techo y sonrió para sí misma. Acarició la espalda de Kevin y comprendió que estaba totalmente paralizado, como muerto.

—Qué extraño; tú estás exhausto, y yo, en cambio, me siento como si pudiera correr un maratón. Si me gustara correr, claro. Lo cierto es que no me gusta porque, la verdad, ¿qué sentido tiene? ¿Por qué iba nadie a correr, a menos que otro lo persiga con un arma?

Kevin se echó a reír. Su carcajada quedó amortiguada por la almohada. Luego, lentamente, levantó la cabeza y la miró, preguntando:

—No hay nada en absoluto que te pueda hacer callar, ¿verdad?

—No —contestó ella sonriendo.

—Eso pensaba —dijo él, sonriendo también.

Lilah contempló su rostro y levantó una mano para dibujar la línea de su mentón. Él se regodeó en la caricia, rozó los labios contra sus dedos y la sintió temblar.

—Tengo que decir algo, aunque tu ego se infle hasta alcanzar el tamaño de Cleveland —repuso entonces Lilah mirándolo a los ojos y sosteniendo largamente la mirada.

Kevin se incorporó y se apoyó sobre un codo, pero no trató de desenredar su cuerpo del de ella. Y Lilah se alegró. No estaba dispuesta a dejar de sentir su calor.

—Bien, cuenta, estoy intrigado —dijo él.

—Eso me he figurado. Es solo que he estado esperando mucho tiempo a que sucediera lo que ha sucedido esta noche y... quiero que sepas que perder mi virginidad ha sido todo un acontecimiento.

—¿Qué?

Lilah sintió que Kevin se ponía tenso. No advirtió ningún cambio en él, pero lo sintió. Kevin no se movió, ni siquiera cambió de posición. Y, no obstante, de pronto parecía muy lejos, fuera de su alcance.

—¡Bueno, demonios!, no pretendía que fuera un insulto —se disculpó ella.

—¿Eras virgen?

—Sí —confesó ella parpadeando—. Tú y yo. El Instructor y la Virgen. Bueno, hasta esta noche. ¿Quieres decir que no lo habías notado?

—No, no lo había notado.

—¡Pues vaya decepción!

—¿Decepción? —repitió Kevin rodando por la cama y alejándose de ella. Lilah comenzó a sentir el frío llegarle hasta los huesos—. Esto es una locura. ¿Qué diablos le pasa a tu novio? ¡Demonios, tu novio! ¡Estás comprometida! ¡Comprometida y virgen! Esto jamás debía haber ocurrido.

Lilah se sintió culpable. Sabía que antes o después llegaría el momento de la verdad, pero aquella ocasión no parecía la mejor. Aunque, por otro lado, ¿qué otro momento habría sido mejor?

—En realidad —comenzó ella a explicarse, sentándose en la cama y tirando de la sábana—, tengo algo que decirte.

—¿Qué otra cosa más vas a decirme ahora? —preguntó Kevin mirándola de reojo.

—No estoy comprometida —soltó Lilah observando su rostro para ver su reacción.

Era extraño, pero ella esperaba que Kevin se enfadara y, después, se sintiera feliz por el hecho de que fuera libre de amarlo. Lo que no esperaba era que la ira se formara lenta y hondamente en su interior, expresándose poco a poco en sus rasgos, borrando toda la ternura de ellos.

—¿Que no estás...?

—¿Comprometida?, no —terminó Lilah la frase por él, lanzándose a hablar y comprendiendo, instintivamente, que tenía que decírselo todo. Cuanto antes. Antes de que dejara de escuchar—. Escucha, solo trataba de quitarme a mi padre de encima, de evitar que intente casarme. Por eso le dije que estaba comprometida con Ray, pero Ray no es mi novio. Es mi amigo. Además, en realidad es gay.

—¿Tienes un novio gay?

—Victor, el novio de Ray, tampoco pareció muy feliz con la idea, igual que tú.

—Entonces has mentido.

—Esa palabra es un poco fuerte.

—Pero es cierta.

—Bueno, sí —contestó Lilah estremeciéndose ante la dureza de la acusación—.

Quiero que sepas que yo jamás miento. En general. Es malo para el karma, y además es agotador, tratar siempre de recordar qué mentira le has contado a qué persona exactamente. Es mucho más fácil decir la verdad —terminó respirando hondo—. Ahora que lo sabes, me siento mucho mejor.

—Estupendo —musitó Kevin rodando por la cama con una inesperada energía que salía de su interior.

De pronto Kevin sintió un enorme vacío en las entrañas. La satisfacción, la plenitud que había sentido instantes antes, desapareció. Borrada por la humillación de saber que había vuelto a cometer un error. Había vuelto a escoger a una mujer dispuesta a mentir y a engañar con tal de conseguir lo que deseaba. Era un completo estúpido. Incluso los monos aprendían más deprisa de sus propios errores.

—¡Kevin!

La voz de Lilah sonó débil, distante. Instantes antes, había estado dispuesto a confesar que la amaba. En aquel momento solo deseaba que Lilah se vistiera y desapareciera de su vida.

—Me alegro de que te sientas mejor —contestó Kevin recogiendo los pantalones del suelo.

Incluso sabiendo que había mentido,

Kevin seguía sintiéndose excitado solo con mirarla. Sus cabellos se revolvían sobre los hombros y, a la luz de la luna, parecían casi de plata. Sus ojos eran inmensos, pero a pesar de la escasa luz, podía apreciar el dolor brillar en ellos. Aquello lo agarrotó, pero Kevin no hizo nada por desembarazarse de ese vacío que lo corroía por dentro.

Kevin se puso los pantalones con manos nerviosas, con la vista fija en ella, y añadió:

—Vístete, te llevo a tu casa.

—¿A casa? Pero creí que...

—Escucha —la interrumpió él agarrando la sudadera—. Olvida lo ocurrido esta noche, ¿quieres?

—¿Olvidarlo? —repitió Lilah saltando de la cama, aferrándose estúpidamente a la sábana—. Yo no quiero olvidarlo. Yo te quie...

—¡No! —volvió Kevin a interrumpirla, levantando una mano para que Lilah no dijera aquellas palabras.

Si ella le decía que lo quería, Kevin no habría sabido qué hacer. Había estado muy cerca. Muy cerca de encontrar algo que ni siquiera creía buscar. Y cuando por fin lo había perdido, el dolor lo desgarraba. Quería herirla a ella, en venganza. Quería que conociera el dolor que albergaba su pecho, con cada bocanada de aire que respiraba.

—No quiero oírlo. Me has mentido —

continuó Kevin acercándose a ella con su imponente cuerpo amenazador.

—Sí, pero...

—Me has utilizado, igual que Alanna —rio amargamente, conmoviendo el corazón de Lilah.

—Yo no soy como ella —se defendió Lilah desgarrada, al ver que Kevin la trataba como a una extraña.

—¿No? —repitió Kevin poniéndose la sudadera—. Ella me mintió para entrar en este país, tú para cazarme. He vuelto a hacer el tonto.

El dolor era tan profundo, tan hiriente, que Kevin no creía poder seguir respirando durante mucho tiempo. Era extraño, se dijo a sí mismo. Con el tiempo y la práctica, aquellos engaños hubieran debido resultarle cada vez más llevaderos, más fáciles. Pero no era así. Su única defensa era fingir indiferencia, no demostrarle a Lilah hasta qué punto lo había herido. Kevin se puso tenso, se esforzó por sonreír y, tomándola de la barbilla, añadió:

—Gracias, cariño, por recordarme lo mal que juzgo siempre el carácter de la gente.

Hubiera debido figurarse que Lilah no se iba a tomar aquellas palabras a la ligera. Ella se soltó, dio un paso atrás y, señalándolo con el dedo índice en el pecho, como si se tratara de una espada, contestó:

—No te permito que digas eso. No te atrevas a compararme con esa fulana traicionera con la que te casaste. Yo lo único que he hecho ha sido decir una mentira para apaciguar a mi padre. De algún modo, tú has acabado cayendo en ella, y lo siento. Pero yo no soy Alanna.

—¿Y mentirle a tu padre hace de ti una persona estupenda?

—No, pero... tampoco me pone a la altura de tu ex mujer.

—Casi.

—Si piensas eso, es que eres un idiota —alegó Lilah.

—Señorita —dijo Kevin agachándose para recoger la ropa de ella—, por fin estamos de acuerdo en algo. Te llevo a tu casa —añadió tirándosela y poniéndose los zapatos, de camino al baño—. Ahora. Y, por cierto, quizá vaya siendo hora de que hables con tu padre como un adulto, tal y como crees ser. Dile la verdad, para variar. Así no engañarás al pobre marine al que le toque escoltarte la próxima vez —las lágrimas se agolpaban en los ojos de Lilah, pero se negó a dejarlas caer. En lugar de ello levantó la barbilla y observó a Kevin, que añadió—: Y si necesitas que alguien te acompañe en esta base, búscate a otro. Yo ya estoy harto de los manejos de la

163

familia Forrest.

Lilah entró en casa de su padre dando un portazo, pero eso no le sirvió de consuelo. Lo malo era que tampoco ninguna otra cosa la ayudaría.

—¿Lilah? —el coronel salió al vestíbulo y la miró—. ¿Te encuentras bien?

—No —sacudió ella la cabeza.

Quizá nunca más volviera a sentirse bien. El dolor se esparcía por todo su cuerpo y su alma como diminutos cristales rotos, inundando cada rincón. Resultaba difícil creer que, solo una hora antes, estaba en brazos de Kevin haciendo planes para el futuro.

—¿Qué te pasa?

Lilah miró a su padre y le dijo las palabras que hubiera querido decirle al hombre que, minutos antes, casi la había empujado del coche:

—Estoy enamorada de Kevin Rogan.

—Y sin embargo estás llorando —comentó su padre tras una levísima sonrisa—. ¿Tengo que salir a matar al sargento de Artillería Rogan?

—No —contestó Lilah medio riendo, ante una idea tan ridícula.

—Entonces, todo va bien —afirmó su padre.

—¡Oh, papi!, jamás estuve comprometida con Ray —confesó Lilah echándose en brazos de su padre—. Es solo mi amigo. Además... es gay.

—Así que mentiste —comprendió entonces su padre, tras cierta confusión.

—¡Dios, no puedo seguir escuchando lo mismo toda la noche! —exclamó Lilah soltándose de sus brazos—. Sabía que mentir no era sano, pero ¿quién podía imaginar que se armaría tal escándalo?

—¿De qué estás hablando?, ¿por qué mentiste a propósito de Ray?, ¿qué está pasando aquí?

—Toda la culpa es tuya, papá.

—¿Cómo dices? —preguntó su padre frunciendo el ceño—. Tú mientes, ¿y es culpa mía?

—De todos modos Kevin tiene razón en una cosa —contestó Lilah con los ojos llenos de lágrimas, enjugándoselas—. Ya es hora de que te diga la verdad.

—En eso estoy de acuerdo —repuso el coronel arrastrándola hasta el salón—. Vamos, habla.

Y así lo hizo Lilah. Se lo contó todo. La decepción que creía percibir en él, la tristeza de saber que no era la hija que él esperaba... Lilah le contó todos los detalles sobre la inseguridad y los miedos que la habían atenazado durante años, y cuando terminó estaba exhausta.

—Te quiero mucho, papá, pero estoy cansada —terminó diciendo con voz rota—. Estoy cansada de que siempre quieras que sea lo que no soy. ¿Por qué no puedes amarme tal y como soy, con mis colgantes de cristal, mi incienso y mis velas?

Un largo minuto de silencio transcurrió antes de que su padre levantara la vista y la mirara como si jamás la hubiera visto antes. Lilah se preparó para su respuesta, pero seguía temblando cuando él habló. El coronel se puso en pie, se acercó a ella, puso ambas manos sobre sus hombros y dijo:

—Lilah, creo que esta es la tontería más grande que te he oído decir jamás —Lilah abrió la boca atónita—. Yo te he querido siempre, desde el instante en el que el médico te puso en mis brazos. Me miraste con unos ojos igualitos a los de tu madre, y desde entonces me robaste el corazón. Y aún es tuyo —añadió mirándola fijamente, tratando de convencerla.

Lilah sintió que los años de secreta amargura y pena se disolvían, pero aún necesitaba decir otra cosa más, por mucho que le costara.

—Papá, yo sé que tú siempre quisiste tener un hijo. Un marine.

El coronel se echó a reír y sacudió la cabeza, alargando una mano para tomar el rostro de su hija.

—Bueno, también quería un descapotable, pero eso no significa que no me guste conducir un Jeep.

—¿Qué?

—¡Oh, Lilah, cariño! —exclamó su padre tirando de ella para abrazarla como cuando era niña—. No cambiaría ni un solo anillo de los dedos de tus pies. Ni por un hijo. Tú eres todo lo que quiero, preciosa. Te quiero.

Por fin las lágrimas que se habían agolpado en sus ojos durante toda la noche resbalaron por las mejillas de Lilah libremente. Por primera vez en años, Lilah se sintió completamente segura en brazos de su padre. Y completamente amada. Y mientras él la acariciaba, Lilah se acurrucó contra él y preguntó:

—¡Oh, papá!, ¿cómo voy a convencer a Kevin de que lo quiero?

—Ah, cariño, eso sí que no lo sé —suspiró su padre.

Capítulo doce

TRES días. Tres días sin ella, que le habían parecido tres años. Kevin juró entre dientes y trató de concentrarse en el entrenamiento de los reclutas. Su mente, sin embargo, seguía divagando. Como tantas otras veces durante aquellos días, volvió a recordar la última noche con Lilah. Instantáneamente, las imágenes de ambos haciendo el amor surgieron con una fuerza imperiosa, pero igual de deprisa trató Kevin de olvidarlas. Prefería recordar cómo había acabado la velada. Con gritos, con un engaño. Con portazos y lágrimas.

Cualquiera que lo observara pensaría que nada en él había cambiado. Y así quería Kevin que pareciera. No era de esas personas que demostraban lo que sentían. No quería lamentarse en el hombro de un amigo o de la familia. Ni volver a ser la comidilla de la base. Quería olvidar lo ocurrido aquella noche, como si nunca hubiera pasado. Pero su cuerpo no estaba dispuesto. Ni su corazón.

—¡Maldita sea! —musitó entre dientes, girando sobre sus talones y dirigiéndose hacia donde había aparcado el coche.

Necesitaba salir de la base durante un rato. Estaba de permiso, así que sin más, se marchó. Para despejar la mente, ver a su familia, buscar la paz. Quizá así pudiera olvidar por fin el sonido de los cascabeles de la pulsera de Lilah. Pero no sería fácil. Echaba de menos su voz, su risa. Echaba de menos sus ojos, el brillo de su mirada cuando estaba emocionada. Lilah se emocionaba con cualquier cosa, pensó sonriendo involuntariamente.

Kevin se sentó al volante. Sentía un vacío en su interior que cada día se hacía más grande, más negro y más terrible. Jamás había sentido algo así, y solo Lilah podía llenarlo. Kevin giró en dirección a las puertas de salida de la base. Miró en dirección a la casa del coronel Forrest, y reprimió el ansia de dirigirse allí. Pasó de largo y se aferró al volante.

—No vas a salir de esta tan fácilmente —dijo Kelly una vez que ambos estuvieron sentados en el salón.

—¿No? Observa —contestó Kevin felicitándose a sí mismo por la firmeza de su tono de voz.

—¿Así de sencillo?

Kevin lanzó una mirada amenazadora a su hermana. Por supuesto, ella no hizo el menor caso. Pero antes de que pudiera seguir con sus reproches, Kevin añadió:

—Déjalo, Kel.

—Claro, igual que lo dejaste tú, cuando Jeff y yo tuvimos problemas.

—Eso era diferente —gruñó él.

—Claro, era diferente porque se trataba de mí, no de ti.

—¡Maldita sea!

—Juegas duro —repuso Kelly.

—No soy yo quien está jugando, sino Lilah.

Kelly se reclinó sobre el respaldo de la silla y se cruzó de brazos, mirándolo como si estuviera dispuesta a luchar contra él o a enseñarle una lección. Por fin, se decidió por darle la lección.

—Eres un idiota, Kevin. Desde lo de Alanna, te has encerrado en ti mismo. Solo porque ella te engañó.

—Déjalo ya, Kelly —insistió Kevin.

—¿Por qué?, ¿acaso lo has olvidado tú?

Sí, lo había olvidado. En cuanto Lilah le robó el corazón, Alanna pasó a ser solo un mal recuerdo. Era un hombre distinto. Y todo se lo debía a ella. Había confiado en ella.

—Estamos hablando de Lilah, no de Alanna. Ella me mintió.

—Ella le mintió a su padre —señaló Kelly—. Tú te enredaste en esa mentira.

—Estupendo, hablas igual que ella.

—He hablado con el cartero; me ha dicho que ella se va —anunció Kelly observando la reacción de su hermano—. Mañana. A San Francisco —Kevin no lo hubiera creído posible, pero aquel vacío interior se transformó en un pozo negro en el que se hundió—. Y deja que te diga una cosa, hermanito. Si echas a perder lo mejor que te ha ocurrido en la vida, simplemente por culpa de una mala experiencia, entonces... mereces todo lo que te ocurra.

A la mañana siguiente Lilah estaba frente al apartamento de Kevin, contemplando la puerta y preguntándose qué haría él. ¿Maldecirla?, ¿echarla de menos? Había esperado tres días, le había ofrecido la oportunidad de volver junto a ella, de decirle que lo comprendía. Pero él no había aparecido.

Lilah se aferró al colgante de cristal y se repitió una vez más que lo mejor era marcharse directamente al aeropuerto. Tomar un avión y continuar con su vida. Obviamente, él no estaba interesado en continuar la relación. Lo que habían compartido no significaba nada para él. O, al menos, no significaba lo mismo que para ella. Pero en el fondo no lo creía.

—Señorita, ¿nos vamos, o nos quedamos? —preguntó el taxista volviendo la cabeza hacia ella.

—Él debería haber venido a verme. Lo menos que podía hacer era venir a gritarme.

—Bien.

—Vamos a ver: si una persona quiere a otra, y la segunda miente a la primera, ¿no debería esa persona, al menos, molestarse en decirle cómo se siente? —el taxista la miró con indiferencia, frunciendo el ceño—. No importa. Espéreme, ¿quiere?

Lilah salió del taxi y caminó hacia la puerta. Llamó con insistencia. Cuando la puerta se abrió, casi dio un paso atrás horrorizada. El aspecto de Kevin era lamentable. Descalzo, con vaqueros gastados y rotos por la rodilla, ojeras y ojos inyectados en sangre; la camiseta estaba tan arrugada que parecía como si hubiera dormido con ella. Pero un examen más atento de sus ojos le reveló que no había estado durmiendo. Era un consuelo.

Lilah lo observó largamente, con el corazón en un puño. Su primer instinto fue lanzarse a sus brazos, pero instantes después decidió pasar por delante y entrar directamente en el apartamento. Con el corazón acelerado y la boca seca, llegó al salón y se volvió para mirarlo de frente.

Era duro volver allí. Estar en ese salón y seguir sola. ¿Cómo no se daba cuenta Kevin de que en ningún momento había querido mentirle?

—Me voy —soltó de sopetón, esperando ver su reacción.

—Ya lo sé.

¿Sabía que se marchaba, y a pesar de todo no había ido a verla?, se preguntó Lilah dolorida.

—¿Y pensabas dejarme marchar así? —Kevin abrió la boca, pero ella se lanzó a hablar apresuradamente, no del todo segura de querer oír su respuesta—. Estupendo. Sabes que me voy. Pero hay una cosa que no sabes, y he venido a decírtela. Te quiero.

Casi se había dado por vencida. Había llegado a creer que jamás podría decir aquellas dos sencillas palabras. Lilah disfrutó pronunciándolas. Pero por fin, después de decirlas, le quedó un sabor amargo en la boca.

—Lilah...

—No —negó Lilah levantando una mano para hacerle callar—. Tú ya has tenido tu oportunidad de hablar.

—¿Y cuándo ha sido eso?

—Durante estos últimos tres días —explicó Lilah elevando la voz, cediendo a la ira—. He estado esperándote, creí que irías a verme. Pero no has ido.

Kevin se pasó una mano por la cabeza y después la dejó caer al costado. Su aspecto era lastimero. Bien, estupendo. Lilah levantó el mentón, se enderezó y continuó:

—Siento haber mentido; debería haberte dicho la verdad, pero ni siquiera era algo que tuviera relación contigo. Al menos al principio —explicó comenzando a caminar de un lado a otro de la habitación. Necesitaba moverse, hacer algo—. Y para cuando te viste mezclado en ello... bueno, era demasiado tarde. De un modo u otro, iba a quedar como una mentirosa.

—Mentiste.

—Sí, ¿acaso tú no has mentido nunca? —preguntó Lilah furiosa—. ¿Eres santo?, ¿nunca cometes un error?

—Sí, cometí uno muy grande, hace un par de años.

—Bien, vale. Confiaste en una mujer en la que no debiste confiar, y ahora que encuentras a otra en la que sí puedes, no confías en ella. Muy inteligente.

—Escucha, Lilah.

—Aún no he terminado —lo interrumpió ella enérgica.

Kevin la observaba fascinado. Era una mujer tremendamente apasionada. Llena de vida. Y había llenado su mundo. Simplemente caminando de un lado a otro del diminuto salón, Lilah Forrest conseguía que pareciera más grande y más acogedor.

Verla de nuevo allí, en su casa, le hacía desear abrazarla y no soltarla nunca. Sus ojos azules brillaban de indignación, las palabras salían de su boca sin cesar. Era magnífica, pensó. Entonces comprendió, sin ningún género de duda, que no podía dejarla marchar. Tenía que retenerla, formar parte de su vida. Pero ella seguía hablando y hablando, sin darle la oportunidad de hacerlo a él.

—He hablado con mi padre. Hemos hablado en serio. Tenías razón, así que gracias. Las cosas ahora van bien entre nosotros, por primera vez desde hacía mucho tiempo.

—Me alegro —dijo él.

Entonces ella calló de repente y lo miró con el ceño fruncido. Colocó los brazos en jarras y tamborileó con la punta de la bota en el suelo, diciendo:

—Ahora te alegras, pero pronto lo lamentarás.

—¿El qué?

—Lamentarás haberme dejado marchar, Kevin —explicó ella mirándolo a los ojos y sosteniendo la mirada—. ¿Y sabes por qué? Porque me quieres, por eso.

Kevin abrió la boca para confesar que era cierto, pero nada podía detener a Lilah. En parte Kevin se sentía frustrado, pero por otro lado disfrutaba escuchándola defender su amor.

—Si me voy, te echaré de menos toda la vida, pero una vez me haya ido, será demasiado tarde para cambiar de opinión. Tienes que decidirte ahora, Kevin. En este mismo instante. ¿Vas a dejarme marchar por una simple estupidez, o vas a admitir que me quieres, y a arriesgarte conmigo? —Lilah respiró hondo y ordenó—: Decide.

La decisión estaba tomada desde el instante en que la conoció, pensó Kevin. No había tenido oportunidad alguna de escapar. Desde el principio. Y para demostrárselo, Kevin dio un paso adelante y la atrajo a sus brazos, la levantó del suelo y la besó profunda y largamente. Cuando estuvo seguro de que ella estaba lo suficientemente mareada como para callar un minuto, Kevin levantó la vista y la miró directamente a los ojos.

—Sí, te quiero.

—¡Hah! ¡Lo sabía! —sonrió Lilah abrazándolo por el cuello.

—Es mi turno para hablar —dijo él estrechándola con fuerza—. No tenía pensado enamorarme de ti. Ni siquiera quería.

—¡Vaya, gracias!

—¿Es que solo puedes estar calladita si te beso? —musitó él comenzando a hablar de inmediato, antes de que lo hiciera ella—. Pero no solo te quiero, te necesito. He pasado la noche despierto, pensando en esto,

Lilah. Y maldita sea, te necesito. Necesito que enciendas velas y lleves colgantes de cristal. Necesito ayudarte con tus obras de caridad. Necesito tu caos para animar mi aburridísima vida. Tú me has dado la risa —añadió dándole un beso en los labios—. Me has dado una nueva vida. Y no puedo soportar la idea de perderte.

—¡Oh, Kevin...! —exclamó Lilah sonriendo, mientras una lágrima resbalaba por su mejilla.

—Pero yo soy un marine —añadió él, sabiendo que se trataba de algo importante—. Y eso no puedo cambiarlo. No quiero cambiarlo. Es lo que soy. Es tan parte de mí como tú.

—Lo sé.

—¿Estás segura de querer volver a un mundo que nunca te hizo feliz?

Otra lágrima resbaló por la mejilla de Lilah, que asintió febril y sonrió con aquel gesto que Kevin jamás se cansaría de ver.

—No era la vida militar lo que me hacía infeliz, Kevin —explicó Lilah acariciando su mejilla—. Era el tratar de ser quien no soy. Pero si me amas por lo que soy, entonces siempre seré feliz.

—Esa es precisamente la razón por la que te amo, por lo que eres —dijo Kevin—. No cambies nunca, Lilah. En realidad, cada día me gusta más el caos.

—Entonces bésame, sargento de Artillería, y luego hablaremos de la boda.

—¿Te digo qué prefiero? —susurró él inclinándose sobre su oído—. Una boda sin ceremonias, y cuanto antes.

—Buena idea —murmuró Lilah inclinando la cabeza para que le besara el cuello. Luego, bromeando y tratando de prepararlo para la vida que le esperaba con ella, añadió—: ¿Sabes? He estado pensando en hacer una petición.

—¿Una petición?

—Ya es hora de que los marines dejen ese color verde tan feo de los uniformes —explicó Lilah haciendo una pausa para ver el efecto que causaba en él—. Estaba pensando en un rojo oscuro, brillante.

Kevin apartó la cara y la miró horrorizado. Después, al ver su sonrisa, rio a carcajadas y dijo:

—Si hay alguien que pueda conseguirlo, esa eres tú, cariño.

—Olvídalo —rio Lilah con el corazón pletórico de júbilo—. El único marine que me interesa es este, y ya puede empezar a besarme, y rápido.

—Señora, sí, señora —obedeció él inclinando la cabeza.

Segundos más tarde se escuchó la bocina

de un coche. Lilah se apartó de él.

—¡El taxi!

—Deja que se busque él solo su chica —musitó Kevin, volviendo a posar la boca sobre la de ella.

Epílogo

Dos meses más tarde...

EL olor del sándalo impregnaba el aire. Kevin sonrió para sí mismo. Casi en cada rincón de la habitación había una vela encendida. Y desde fuera, por la ventana del dormitorio, entraba la delicada melodía de las campanas danzando al viento.

Todo en su mundo había cambiado desde el momento de conocer a Lilah. Y todo había cambiado también por las noches, gracias a Dios. Kevin ni siquiera recordaba cómo era su vida antes, cuando estaba solo. Ni quería recordarlo.

La puerta del baño se abrió y de pronto una rendija de luz iluminó el dormitorio. Kevin se apoyó en un codo y observó a Lilah, cuya silueta se dibujaba contra la luz, preguntándose en qué estaría pensando y deseando leer su expresión. Pero con aquella luz, era imposible.

—¿Y bien? —preguntó al ver que ella no decía nada—. ¿Cuál es el veredicto?

En lugar de contestar, Lilah apagó la luz,

cruzó la habitación y saltó sobre la cama. Se colocó a horcajadas sobre el cuerpo de Kevin y se puso en acción, como hacía siempre que estaba cerca de él.

—Vamos, Lilah, suéltalo ya —insistió Kevin.

Lilah se echó a reír, y sus carcajadas animaron a Kevin. ¿Qué había hecho de bueno en su vida, para merecer una mujer así? Lilah posó las palmas de las manos sobre su pecho y dejó que sus cabellos cayeran por los lados como una cortina dorada. Y entonces lo besó. Posó sobre él diminutos besos, entre palabra y palabra:

—El —beso— veredicto —beso— es —beso— «sí» —gran beso.

—¿Sí? —repitió Kevin. Lilah alzó la cabeza para mirarlo y sonreír—. ¿Estás segura?

—Segura. Muy segura. Completamente segura —respondió Lilah.

El corazón de Kevin echó a latir desesperado; sus manos apretaron con fuerza la cintura de Lilah para volver a soltarla de inmediato.

—Lo siento —se disculpó con una mueca, sujetándola con más delicadeza.

—Estoy embarazada, Kevin —sacudió la cabeza Lilah pletórica de amor—, pero no soy de cristal.

—Sí, lo sé, es solo que es tan...

—¿Tan nuevo? —preguntó ella.

—Sí, supongo.

—¿Pero estás feliz?

—Definitivamente.

Lilah se meneó contra su cuerpo y sintió cómo se tensaba el de Kevin. Una lenta sonrisa curvó sus labios, mientras el delicioso deseo se iba apoderando de ella.

—Bien, ya veo que estás feliz —rio nerviosamente ella.

—Cariño, no has visto nada aún —gimió él.

Lilah se levantó el camisón lentamente, sacándoselo por la cabeza y tirándolo a un lado. A la luz de las velas, observó los ojos de Kevin oscurecerse mientras alzaba las manos para abrazar sus pechos. Sus dedos le rozaron los pezones, y ella echó la cabeza atrás, arqueándose. Cada noche era igual, y sin embargo diferente. Cada vez que él la tocaba, era como si fuera la primera vez. Chispas de fuego prendían en su interior. Su cuerpo se excitaba, se calentaba y humedecía para él. Y esperaba que siempre fuera así, mágico.

—Tengo que poseerte —murmuró él.

—Ya me posees, marine —susurró ella inclinándose lentamente sobre él.

Centímetro a glorioso centímetro, Lilah lo tomó y lo introdujo en el fondo de su ser. Su lentitud los torturaba a ambos, Lilah observaba los rasgos de Kevin retorcerse de placer.

Entonces él bajó una mano hasta el centro de su ser, comenzando a acariciar aquella carne caliente y húmeda hasta que Lilah meneó las caderas y gritó su nombre. Se sentía total e íntimamente abrazado en el interior de ella. Sus cuerpos estaban unidos, sus almas enlazadas. Él volvió a tocarla, acariciando aquel punto sensible una y otra vez, hasta que Lilah estalló. Rayos de fuego convulsionaron su cuerpo. Lilah volvió a gritar su nombre.

Kevin la agarró de las caderas, la levantó y la penetró profundamente, y luego le dio todo lo que tenía.

Al cesar las últimas convulsiones, Lilah se dejó caer sobre él y Kevin la abrazó con fuerza. Podía sentir el aliento de Lilah en el rostro como una bendición.

—¿Sabes? —dijo ella en voz baja, agotada—. Creo que debo advertirte: siempre quise tener una familia numerosa.

—¿Cómo de numerosa? —preguntó él.

—Ah, pues... el siete es un número bonito, ¿no te parece?

¿Siete niños?, ¿con Lilah? El corazón le estallaba de felicidad. Kevin alcanzó la sábana y los tapó a los dos.

—El siete es perfecto —contestó en un murmullo, estrechándola mientras Lilah se quedaba dormida.